朝子の唄日記

木村朝子

今日の話題社

小手姫（おてひめ）像
羽二重の町・川俣に伝説の残る、1400年ほど前の人。
平成2年、大本教での修行の終わりに、小手姫様から著者に「像を建ててほしい」という願いが伝わってきたので、「この人を称えずしてこの町の発展はあるか」という手紙を川俣町長に送って建立を願ったところ、平成4年に建てられた。
写真：「東京川俣会のあゆみ」（東京川俣会発行）表紙より

品川神社、板垣退助の墓参りをしたときに見た赤い光の玉。
後に「新しき世」の三〜六番となった。

三島の山の神様のところへ太陽の導きで伺ったところ、神社の中に青い玉を見て、それと同じ光を天城の山にみた。
後に、そこが八丁池であったと判った（「糸車」参照）。

空に金色の蛇を見たので、これは何かと大本教の神様に伺ったところ、四柱の神様からこのように大きく金色の蛇が飛び出してきた。

鳩会（中学校同級生）の友人たちと。右から３人目が著者。

学校２年生ころ。前列中央、先生の左側が著者。

真：「東京川俣会のあゆみ」（東京川俣会発行）より

朝子の唄日記

はじめに

平成十七年十二月八日

今日までつづりつづけた私の唄日記は
宇宙からのメッセージでもあり
また　そよふく風のささやきでもあり
私一人世界の心の旅路でもあり
あの空に輝く太陽の
願いでもあるような気が致します

四十五年　商いの花を夢見て
命懸けで歩みつづけた
我が人生でもありますが
むなしくも　つぼみのまま鮨国を閉め
おむかえの来ない内に
これらをまとめて書き残したく
ペンを執ることに致しました

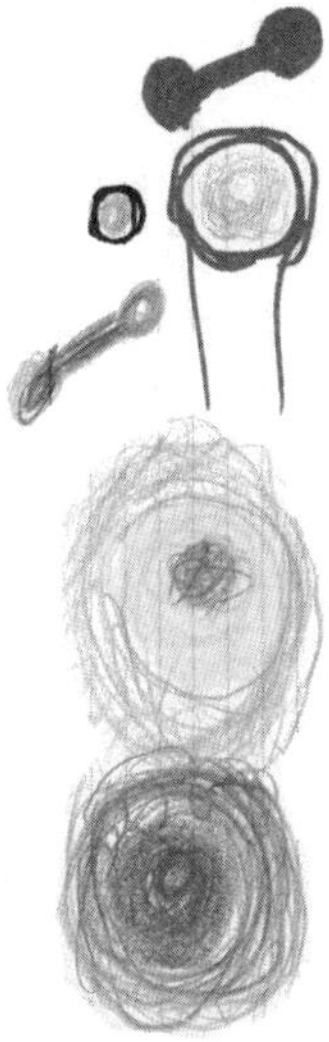

朝子の唄日記　目次

バイバイ鮨国

（木村朝子　作詞・作曲　一、平成十七年四月二十二日　二、平成十七年四月二十二日）

一、時世の風に　追われて
去り行く　この道
色々な想い　馳せ来る
心の涙
あァあァ　夢を
夢を　果たせぬ　ままに
去り行く　この道
バイ　バイ　鮨国
バイ　バイ　この道

二、第二の夢に掛けて
進みし　あの道
色々な想い　つづりし
心の唄
あァあァ　夢を
夢を果たせる明日に
去りゆく　この道
バイ　バイ　鮨国
バイ　バイ　この道

神の国　日本

（木村朝子　作詞・作曲　平成九年六月二十二日）

一、どんな　山でも　命を掛けて
のぼる神の子　日本男児
あァあァ世界の源　日の国は
天のみ教え　そのままに行く
さァさァ　見つめましょう
日本の元

二、どんな地の果て　我慢に耐えて
耐える地の母　日本の母
あァあァ地球の源　日の国は
天のみ教え　そのままに行く
さァさァ　見つめましょ
日本の元

三、山に隠れた　日本の父
海に沈みし　日本の母
あァあァ祈りましょう　感謝の祈り
天の母御の願いをこめて
さァさァ見つめましょ
日本の元

四、山があるから　命を守る
海があるから　潤うわれら
あァあァ地球の　命を守ろう
天の願いを　地に掛けて
さァさァ神の子
日本の元

※天の母御は太陽のことです

五、つよくやさしい　菊の花
　天下和楽の　日本の花
　あァあァ　いつまでも
　いついつまでも
　天のみ教え　そのままに咲け
　さァあァ　光る
　五色の玉のせて

六、我れらもはげむさくら花
　君がみ胸に　咲きほこる
　あァあァ君がため
　天のみ使い
　やくる思いで咲きほこる
　さァさァ君が涙を
　胸にひめ

この歌は日本の国の乱れを案じたものです　大田市場の中にて　これほどのごみだらけの市場は　一つの家中のおかあさんの心の乱れだと思い　太陽にどうすればよいのかと祈り……私一人の働きで出来ることはせめて　ごみをひろうことしかない　そうだ市場の植えこみのなかのあき缶を拾い集めればと　そんな事を考えあき缶を拾いました　そしてこの歌をいただきました（缶は観なり）

天は色々な事を皆さんに見せ観考をあたえ願って居るのです　皆さん自分の魂をみがき　あおい目をひらいて下さい（大田市場の朝顔地蔵に水をかけ　自分の魂をみがいて下さい）

新しき世

（木村朝子　作詞・作曲　一―二、平成十七年十二月二十四日　三―六、平成十八年一月十五日）

一、はるか宇宙の　かなたから
義経公の　想いの夢は
いく百年の　年越えて
今なおもゆる　新しき世に

二、あつき炎の　中に立つ
この世の無念　にぎりて昇る
赤き血潮の　天の川
今なおもゆる　新しき世に

三、願う思いは　はてしなく
天の光と　輝きて
この世の平和　願いつつ
今なおもゆる　日本のひじり

四、知れよ祈れよ　もろ人よ
天の川原で　歌う声
あの世の人の　このさけび
世界に流せ　日本の心

五、古しえ人の　声高く
白じにそめし　血潮の魂は
いく度こえて　日の本の
高き心よ　天の橋立て

六、きけよ世界の　人々よ
高き日本の　心音を
天城の山の　水元の
かがみにうつせ　我が魂を

神受

平成四年八月三十日

神社仏閣は　国営にならねばならぬ
日本の政治の立て替えを　しなければならぬ時が来た
神国日本人は世界の平和のかけはしとして
各家に　日月土の三神をまつり　朝夕のつとめをする義務がある
神社仏閣は　国が支配する
人は皆　六十才を過ぎたら　男は神事　女は仏事の奉仕の使いとならねばならぬ
木が枯葉を落とす如くに　後の世の者のために奉仕の心を捧げよう

学校教育に神話仏教を入れよう
国家をあずかる仕事にたずさわる者は　靖国を参るべし
国会に立つ者は　江戸神社と山王を参るべし
日本国の頭にたずさわる者は　大自然の女神　女神山と胡瓜天皇を敬うべし

これらは江戸神社から受けた言葉です

江戸神社の本体はすさのおのみことです
神話でやまたのおろちを退治したとありますが
これは日本の八代の川の川上を清め　世の乱れをととのえたのであります
太田道灌はこれに気付き　城にお祀りしておりましたが
その証拠はさくら神社にて見送り稲荷が語っております
江戸の末　和宮はこの世を安じ　神田市場にあずけたものと思われます
大坂商人が徳川を護られたように　商人こそ政治を支える人々だからです

この社を大田市場に祀れと神受有り
鈴木都知事に願ったり　色々働きましたが力が足りず
神にわびたところ　地蔵さまを立てさせられ　これが朝顔地蔵です

それから日本の神々の色々な光を見せられ
平成三年　台所に私は孔子か孟子かわかりませんが　そのような方が立って居て
そこに花と香がそえられて居る　夢を見ました
私は心さわぎ市場の中を見て歩いた所　北門に墓石が有り

そこである人が他界していました
それは内田家のもので　金沢から来たものでした
区や都に伝えましたが　声もなく
私は日のあたる所に運び　十日間ご供養致しました
ところが今度は花を植えよと夢に見て　さくらを植えましたが　今は有りません
そして「大田市場開花の唄」三～四番を書きました。

どうぞ皆さんでご研究なさり
世界の平和のため　自然に感謝しつつ
明るい家庭と　清き神国のためのよき政治をお願い致します
天上界では　私の心のままに
学のない私に　色々なメッセージを送って下さっているのです
私のさけびは天のさけびと受けて下されば幸いです
宇宙には砂の数ほどの目が輝いて居るのです
靖国のことで色々ほざいて居る方が居るようですが
悪人でも善人でも

あの世に旅立たれた方々を
生きて居るものは祈りをこめて天上界に送らねば
よき世の中にはなりません
この世の人々の清き心が大切なのです

私が普段見ている光は守護霊（龍）です。

記憶を辿って

平成十八年五月二十七日

私は昭和十五年二月二十二日生まれ
福島県伊達郡川俣町小綱木字宮田二十五番地実家
旧姓菅野朝子　母も菅野家の出です
私が生まれる時　祖母が母に双生児が生まれるので困るといって
母の里山木屋につれていったそうです
祖母は小神から嫁いで来た方で旧姓斉藤けさのと言う名です
私が生まれてまもなく三月一日　五十三才で他界しました
その時父は戦地朝鮮に居たので　その朝をいただき朝子と命名されました
父は祖母の葬式のため戦地から一度帰されたのですが
国はたいしたものだ親の死を大切に思って下さっていると言ったという
うわさ話をききました。
私の生まれた部屋はもと馬小屋だったそうです
私の知る母の里はじめ五軒の菅野家の井戸に　ぐみの木があり
私の家のだけ木は枯れ　井戸も埋められていました

昔祖父が病気になり見てもらったら　その井戸のさわりだといわれ
そこを掘ったら大きな杉の木が出たとのこと……
菅野は菅原道真が太宰府に流される時に逃げて来て
福島の阿武隈川の上流中州に身をひそめ
菅野と名したとききました

私が十九才の時　三島行きの電車の中で斉藤という父ぐらいの年の人に逢い
手相を見られ三十九才で死ぬと言われ　三十代になり私は本当に死ぬのだと思い
その斉藤さんを呼びました（その方の電話番号を持っていたのです）
そうしたら笠森観音から水をくんで来て家のまわりにのの字にまけと言われ
水くみに行った所　おみやげ売り所で本をいただき　三本杉のみしおをいたたきました
その本はその人が子供が病気になり
笠森観音にすがったところ書かされたので　本と共にここて働いているのだと
言っておりましたが今はおりません　その本は私の手許にも有りませんが
記憶では　ここ千葉県毛原の笠森観音にて武田の落人が
何百年経とうとも　日本国のため　かたい手を結ぼうと

かたい約束を交わして散っていったとの事
それから私は富士山の噴火を心配したりして天神様にお参りしたり
十五年間文京区や上野を歩き別世界を歩いておりました
武田の落人の中の八名は　福島県川俣町山木屋八木という所に隠れ住んでおりました
門松は家の中に立てていたそうです
母の里で家の建て替えの時　それらの資料が屋根裏にあり　その中に菅野が二人いました
菅野忠雄氏はそれらの資料を残そうと文京区のある哲学の先生の所へ預けましたが
戦争で灰となってしまいました

菅野忠雄は　戦地であの世界に掛ける橋の名簿を付けていたそうです
これら八名は八将神であります
小綱木松の口の神社は八将神が祀られています
昔　神社を町に移す時　村人が神社のご神体を隠したとのこと　今もあると思います
私が故郷を後にする年　村上元村長りきえ様はじめ私の縁ある者八名が他界し
その葬式に私はたずさわり
その年の十一月十五日　里を後にしたのです

ナイロンが入ってきて絹織が下火になり　機場がさみしくなってきた頃で
私はさびれ行く町を　さみしく思いつつ旅立ちました

東京へ来て　山の見えない毎日がつらく
木箱に道路の砂を集めては溜め　花を植えました
あの地上が始まる前　私はふる里の井戸の中から大きな魚がたたみをあげて出て来て
そして七人の友が実家の仏壇に入る夢を見ました
そして地上が始まったのです
私の実家のまわりの菅野ではそれぞれ神を祀っていたのですが
山王さまをまもって居た家の子は皆んな気が狂っていました
初めての長男の子六才が井戸と囲炉裏に落ち　この年他界しました
その頃　山王さまは見るかげもありませんでした
私の実家も山の上に　地蔵・龍神・稲荷の山社が有り　私はなんとなく
急に気になり宮を建て替えましたが　その前に六才の長男が他界しました
その子は二月二十二日の生まれでありました
それが草持観音を守っている家の子が車でひいたがその観音も粗末になっておりました

斉藤一三という者が病気で苦しんでいた時　私はお御所さまが気になり
ある人に見てきていただいたのですが
その時お御所さまの屋根は落ち　ぼろぼろになっておりました
この神は戦国時代逃げて来た女《ひと》がここで子供を産み落とし逃げたので
村人が祀ったと聞いております
昔々　私の村ではお坊さんを殺し
それから貧乏村になり　石屋の五十嵐おじいさんが川の中で石仏を彫り鳩内に建てたのです
そこから私はある日夢で千葉の海に流れ　日蓮が生まれた夢を見ました
中学生の頃　学校では朝礼が外で行われ　その時いつも何人かが癲癇になり
口から泡を吹いて倒れたものです　その地は泡吹地《あわふくじ》といいます
体育祭で一町七ヶ村が集まると小綱木の中学生は小人《こびと》のようで
私はよその学校の人たちが大人に見えたものです
村上お竜というお母さんは二人の寝たきりの親を介護しながら六人の子を育て
食に困り　私の家では家畜にやる小さな芋を分けて下さいと来て
立って居るのもつらく寝ころんで話をしていました
私はその時十六才でした　このように母として嫁として

自分の身を捨て働いている　お母さんに温かい心をあげたいと思いました
そして学校へも行けない私は　その時商人になって
こんな人達にほどこしの出来る人間にならねばと心に誓ったのです
毎朝私の家の前を通るよしえさんというきれいなお姉さんがいました
その人の口紅の色がとてもきれいでした
私は初めて自分の働いたお金で　口紅を買いに行きました
そこの店を守っているお母さんがとてもすてきだったのです
私は　その時私もこの人のようになりたい　だから店を持ちたいとその時思ったものです
今でもその色の口紅をさしています　私は今日でも口紅をさす時が幸せを感じます
私の母はその手で六人の仏を送りました
ひいおばあさんは三年寝たきりで　とこずれが出来　臭かったのですが
その方を母は　子供のように抱っこしておしっこをさせていました
子供をもたなかった祖父のきょうだいもひきとり　皆三年は寝たきりでした
母はいつも鉢巻きをしていました　頭痛がひどかったらしいのです
そんな中で知り合いが来るとあの人は
この人は何が好きと心して手料理を作って出していました

朝は四時起きでとうふ作り　養蚕の飼育に農業と仕事をしていました
母はお金を手にしてなかったので私が買いたいものをねだるとお米や豆を一升くれました
ある家に持って行けば金になると言っていました
今　戦前に生まれたこんな母達に勲章をあげたいと思います
割烹着を捨てた今日のお母さん　酒場通いもほどほどに
なにゆえに　今日　子供達が他界する事件が多いか　よくよくお考え下されまし
中学の時初めて来た先生が　教室に「人間は考える葦である」この言葉を掲げました
私は今日までそれを大切にして暮らしてきたのです
私の唄日記はここからはじまったのです
小綱木村は元は川俣町でありました　村は本町別町と二つの名に分かれていて
小さな村に学校が三つもあったそうです
そこには大きな寺もあり　大きなお屋敷もあり　焼き物もしておりました
私は田や山畑の地名から　そんなことを想像して居た
この辺りにはアイヌも居たと伝えられています

二十のさんぽ

さばとらさん　貴方はだれ
もしかして　夫のお父さん
いつもいつも　夫を守り
私と夫を　はなす
私が勇一と　居てはだめ
なぜ貴方は　こんなに
私の胸を　首をしめるの
尽くしても　尽くしても
さばとらさん　貴方は誰れ
この店のため　がんばればがんばるだけ
母につくせば　つくすたけ
私の胸を　首をしめる
さばとらさん　貴方は　だれ
なんのうらみでなんの願いで

まねきねこのようにのっそりと
夫にからみつく　君はおすじゃないか

どうしてどうして　勇一と私をはなす
君はいったい誰れ　さばとらさん
私がこの家に居る事きらって
母も夫もこんなに喜んで居るじゃないか
私は母のつま?
勇一のつま?　私の夫はだれ?
そうどうして?
さばとら　どこへ行くの　私と勇一に
かわいい子が生まれたから
貴方は　どこへ行ってしまったの
あれは　お父さん　でしたか

お父さん　さばとらは　貴方ですか
母はお父さんの前は弘法大師と言うけど
お父さん　私はいつも
貴方といっしょ
くるしい時も　悲しい時も
貴方と朝顔の花は私の味方
さはとらは貴方ですか
私を試して居たのね
でも　やっぱり　さばとらはだれですか
夫の愛をさらっていったさばとらさん
どこにかくして　いたずらさばとら
でも私は貴方にまけない
愛はそうあの林の中に
そう夫の愛は　あの杉の根本に
かくしたのね
そうあのせせらぎの音は

夫の愛のささやきね
私が木の根につまづきころんだら
きっと　きっと　見つけるわ
待って居て　小川の流れる
あの音は　貴方の愛のささやきね

流れがあまり早すきて走れないの
待って居て　そこに根をはって
しっかり立って　大きな　大きな
木になって　お日さまをいっぱいあびて
枝をのばし　葉をつけて
私が貴方を　見つけた時
私達を　つつんでほしいの
そう貴方の愛のささやきは
林の中のせせらきね
岩下にかくれたり木の根にかくれたり

いたずらね
さばとらさん　貴方は男の面を付け
夫のおばあさん　お杉さんね
いじわるばあさん　いたずらばあさん
お山の杉さん
お山の杉の　かくし水
山をさるさる　山ざるは水
そう貴方の愛は山の水
君は長い尾をして
そうだ　おまえは
長尾　かげとらじゃ
おまえの母は赤とらだから
日とらだな……

数々の歌の出来るまで

平成十八年三月五日

三十才頃　鮨国の店を母より渡され
その時の店は下火で　五合の舎利もやっと売るような店でした
そして二年後に神田市場南口新ビルが出来　その二階に店が引っ越しすることになっており
新しい店舗を作るため三百万を目標にがんばりました
子供の頃祖父に借金はするなと言われていたので
その時四百五十万かかりましたが　どこからも借ることなく出来上がりました
新しい店舗が出来上がった時日本旅行会社の会長岡田さんが祝いにきて下さり
朝子よくやったなとほめて下さいました
その時私は一人の努力は多くの人々の喜びであり
見えない所で多くの人々の力をいただいていたことに気付きました

　我が力と思う心のおろかさよ　なにもかにもが神のみしくみ

それまでに心なき方の一言にて　色々な試練を受け身体を損ねておりましたが

命の終わりを感じ子供に別れを告げたその夜
私の堕した二人の子供が泣きさけびながら
白い大蛇に抱かれて実家の「ぐし」に入る夢を見て
生きなければと　お茶の水ガンセンターに行き……元気になりました
それから　私の命は私のものではない　神々のために働こうと思い色々なことをしました

それから今では　亡き人々が夢の中で道を教えて下さり　その通り働いています
色々な今日までの嵐は私をきたえて下さるための神の業だと思い
心なき人々に対し感謝の心になった時　四十八才の時でした
天神さまの男坂の上で朝六時お参りの帰りでした
朝日が昇って来てどこからかオオヨクヤッタナときこえて来たのです
そしてこのような太陽の光を見ました

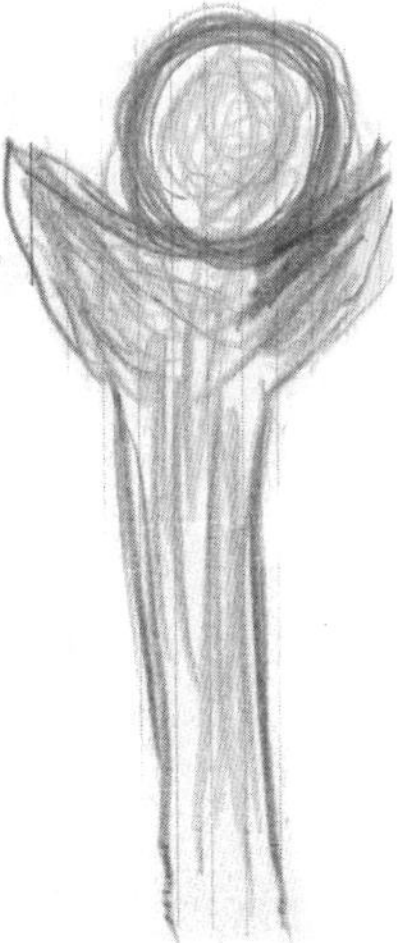

48歳、初めて見た光

雲の間から太陽の光が帯状にやってきた

それから太陽は鏡に見えるようになり
太陽を見ると自分の心のくもりを照らされるかのように
鏡がくもったりして色々な光を見ました
五十三才の時　大田市場の中を色々な思いで　手かざしをして歩いていたら
太陽から勲章をいただいたようです　このような光の太陽を見ました

私は今　日本の川上川尻にさくらを植える事を願っております
日本のさくらさくらは　神々への大切ないとなみをはたしているように思われます
どうぞ私の唄日記を読み　気付いて下さり
皆さんの心ある手で育ててほしいと願います

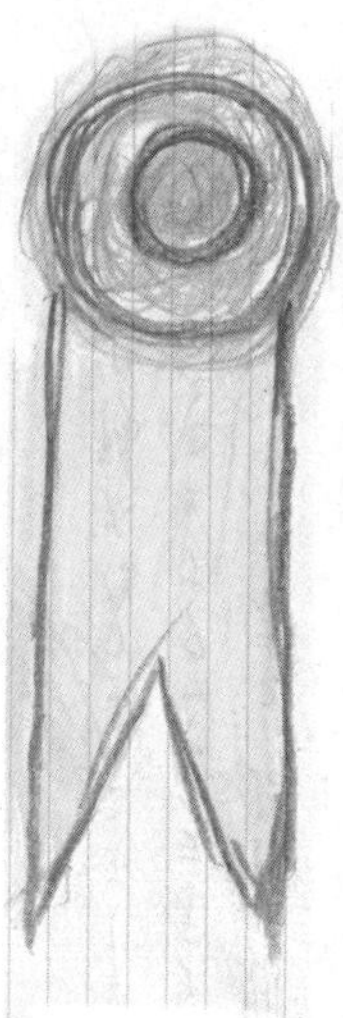

道

昭和五十二年

ふる里の山よ
有りがとう
野甘草の花の　あったかい心
白百合の　やさしさ
竜胆の花の　うれしさを
教えてくれた
ふる里の山よ
有りがとう

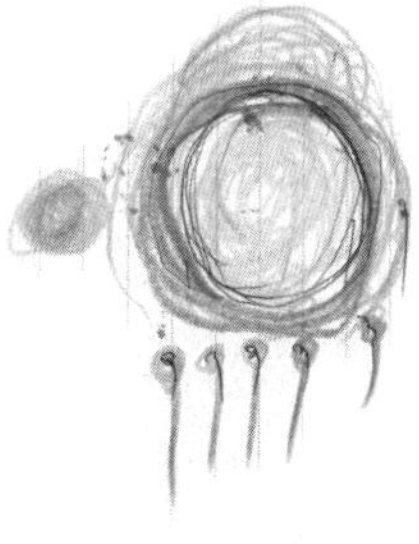

ほんにすげない

（木村朝子　作詞・作曲　昭和四十八年十一月二十九日）

一、ハァ　ほんにすげない
ほんにすげない　若松さまはない
なよなよなびく　若竹さまをない
花塚あたりで　仏切ってない
五代林の　お梅さんの手を取り
広世に掘っ建て小屋　立でだどない
ああらうそだべ　ほうがい
ほんとなのがい
うそなんて　こがねぞえほんとなんだぞえ
うそだと思うごっちゃ
あんだらも　おめらも
おらいのぢっちと　ばっぱに
きいで　みらんしょ
ああら　玉下だ　玉下だ
　　　　　　　　仏切ったない

二、ハァ　ほんにすげない
ほんにすげない　若竹さまはない
ながだき下って　べゴっっちない
もえもんさまにつげだどない
えりのおんつぁまはない
竹にも花っこ咲がせでやっちと
久保のだんぽに　たのんだどない
ああらうそだべ　ほうがい
ほんとなのがい
うそなんてこがねぞえ
ほんとなんだぞえ
うそだと思うごっちゃ

あんだらも　おめらも
おらいのぢっちゃと　ばっぱに
きいで　みらんしょ
ああら　玉下だ　玉下だ
仏切ったない

三、ハァ　ほんにすげない
ほんにすげない　もえもんさまの
お梅さんはない
観音さまに　草もぢもらって
お手姫さまの　衣をぶっかけてない
広世の川原を　たこたこ
たこたこ　下ったとない
ああらうそだべ　ほうがい
ほんとなのがい
うそなんてこがねぞい
ほんとなんだぞい
うそだと思うごっちゃ
あんだらも　おめらも
おらいのぢっちと　ばっぱに
きいで　みらんしょ
ああら　玉下だ　玉下だ
仏切ったない

※「だんぽ」とは旦那様のこと

道

昭和五十二年

コチコチと
時計の音さえ気になりて
違うわが身のつらさにて
誰がこと憎む　なさけなさ
子を思い
強く生きよと思いども
知らざるや　わが身の先を
不安となりて涙ぐみ
わが身より　子を切りすてたさみしさを
花に語って　いく年月日
病みて初めて知る母の
今宵悲しき　うす情
こんな日の　あるまじこととも思われず
それほどに　母に甘えて居たのかと

心のかるさを思い知り
わが身の定めと
自らわれに問いて聞く
病むる身ゆえに心が寒く
夫に灯火もとめしを
夫は知るよしもなく
ただ一かけらの
火玉ほしさにさまよえど
わが身の枝の先を見て
自らわれにむちをうつ
はなれて花は咲こうとも
おとしがたしや育てし枝の
先を思えば　たちどまらん
病むる身ゆえに心が寒く

夫に手をさしのべて
現代版ねとののしられ
母も女と心をしずめ
わが身を責めて見るけれど
心がこおりつくばかり
ふる里の　山よ
もっと強く　だいておくれ
この涙がかれるまで
なにもかも
遠き日の花のとげ
とげなき春を待ちわびて

深き心通うことなき冬の海
　海の底をぞ見ゆる春来

夫《つま》が買う馬券の数やざくろの実

原井戸のしとねの月のかげふみて
　ふみてもどれば栗の花ばな

笠森の水屋に咲きしあやめ花
　小ゆびにたらぬ亡き子らか

神社仏閣たてなおせ　すれば世の中花が咲く
神社仏閣立てなおせ　すれば世の中花が咲く
富士山が噴火する
馬頭観音を立てろ
水が　切れる　水が切れる
下の久保の金神さまの下の川
水が切れると　夢まくら

たての山下焼野原

伸は焼野に足を入れ
さっき悲しや葱の花
田植もすぎし小金原
雀来てなにを知らせる餓鬼の声
　餌食をあさり泣く声か
古昔《いにしえ》を語りてうれし竹の秋
さざ波を越えてとりえをくぐるらん

※「下の久保」……管野家に金神様があり　松の木が一本あり　七歳の時　友とかくれんぼをしてこの木から落ち気絶していた　友は逃げてしまい　夕方道を通った人におんぶしてもらい家に帰ったことがある　この家の庭に豆柿があり食べたが　この家の子は鳥目になっていた

雀の涙

（木村朝子　作詞・作曲　昭和五十二年）

一、一羽の雀が泣いて居る
ササラ　ササラ　ササラ　サラササラ
流れる水は元の地　地が
雀の涙を　もちかえり
里のお小田でポカポカあたためた
山の上では　なにやらぼさまが
西をむいては　ぶっつぶつ
東をむいては　ぶっつぶつ
南をむいては　ぶっつぶつ
北をむいては　ぶっつぶつ
なにやら　ねんぶつあげたら
雀の涙は竜のお宮にしみこんで
竜の口から　清水がこんこん
湧いて来た

ササラ　ササラ　ササラ　サラ　サラ
流れる水は　お山の杉の根本から
ササラ　サンサラ　サンササリ

雀来てなにをつげ行く
古昔の道野の奥は深けれど
一節　二節　割る竹は
うらをめせねば　われがたし
竹を五番に活けよとて
水元行かねば活けがたし
水元恋しや　サンササラ

みぞれ

（木村朝子　作詞・作曲　昭和五十二年）

一、ピタピタポットンポトポトビッタン
夜中にベランダ　たたくのは
なんの音だろオヤみぞれかな

二、ピタピタポットンポトポトピッタン
夜中にベランダたたくのは
なんの音だろホラみぞれたわ

三、ピタピタポットンポトポトピッタン
お外のお外の　いたずらさん
寒い夜だね　あら真白よ

雀来てなにを知らせる餓鬼の声
餌食《えじき》をあさり泣く声かしら

ふる里の山よ有りがとう

昭和五十三年

心のともしび　もとめ来て
古き　山路に　帰れども
子供が熱を　出したときいて
心甘きと　冷水かけて
都の空に　いそぎしは
母になりにし　身なればこそ
都の空は　はだ寒く
星さえ見ゆる　ことのなし
都の町は　さわがしく
にぎるこぶしもちぎれんばかり
都の町の花として
生まれし人の　心根は
見るもかなしき　ことばかり
見せてやりたや　あの　古里の

やさしく香る　白ゆりを
ああ幼き胸に書いて来た
あの山あの川花や草
都の花にも　いがきたや
なにもかも　遠き日の花のとげ
とげなき春を　待ちわびて
ふる里の山よ　有りがとう
野観甘の花のあったかい心
白ゆりの花の　やさしい心
りんどうの花の　うれしさを
教えてくれた
ふるさとの　山よ
有りがとう

道

昭和五十三年

泥んこ道でも　よけて通ることはない
モッコかついで　一あせ流し
きれいな川の　砂しけば
誰でも通れる　道になる
泥んこ道でも　よけて通ることはない
モッコかついで　一あせふけば
笑顔がそこに　また見るる
あせはかくもの　流すもの
泥んこ道でも　よけて通ることはない
モッコかついで　一あせかけば
誰でも通れる　道になる
あとをふりむく　うれしさは
心しみじみ　あったかい

※子供の頃　道路工事のおじさん達の姿を見ていた　こんな事を思い出し　心のむちとなった

ひまわりの君

昭和五十三年

雨が降れば
貴方の涙
風がふけは
あなたがよぶの
そんな気がして
この道を歩く
貴方が居る貴方が居る
そんな気がして
この道を行く
ひまわりの君今いずこ

母の業

昭和五十四年一月二十五日

野に生す　ただ一株の薊さえ
花で情を見せように
人の世に　生まれて　育英の知恵も有り
うすき情の業の矢に　命をおとす者もおり
ああ　ただ一枝の野ばらさえ
花で情を見せように
木立によりそう冬ばらさえも
心に火をかざすのに
人の世に　生まれて育英の知恵も有り
都の町の　花として生まれし人の心根は
見るも悲しきことばかり
見せてやりたいあの山の
やさしく香る白ゆりを

母親どうしの　子供達にやる
お年玉の額で心のたたかいをしている
そんな中で　子供をついには
自殺に追いやってしまった
心なき母のすがた
心甘き母のすがた
心なき金の流れ　心なき業いを目の前に暮れ
心の中に流す涙は　あふれるばかりであった
どの母がわるいのではない
人の子の親として
母の姿は　どうあるべきか
心の目をひらいてほしいと
願いつつ

白詰草

（木村朝子　作詞・作曲　昭和五十四年五月）

一、白詰草の咲く丘に来て
子供とつんだ　白い花
香りほのかな　白い花
花の輪　つくって
誰かさんに　あげよ
ランラララ　ランランラン
ランラララララ
花の輪　つくって
誰かさんに　あげよ

二、白詰草の　花よぶ丘は
小鳥もよぶよ　ピピピ
かけっこしましょ草の上
四ツ葉をさがし
誰かさんに　あげよ
ランラララ　ランランラン
ランラララララ
四ツ葉をさかして
誰かさんに　あげよ

三、白詰草の　花よぶ丘は
おさなき友の　米ちゃんと
恋を語った　夢の丘
花の香りを
誰かさんに　あげる
ランラララ　ランランラン
ランラララララ
花の香りを

誰かさんにあげる

四、白詰草の花咲く丘は
あなたと初めて合った丘
愛を育てた夢の丘
四ツ葉を　つんで
あなたにあげる
ランラララ　ランランラン
ランラララ
四ツ葉を　つんで
あなたにあげる

昭和五十四・五十八・六十年

ながむればながむる花のあるものを　空しき風に流れてつきぬ

白梅のかたきつぼみに色そめて　通う山路はまだ雪深し

年老えて後悔の数よりも満足の数の方が多いように
若い内に　しっかりみがけ人生の玉を
納得のいただきが見えるほどに　しっかりみがけ人生の玉を
（長男に送った言葉）

四十路坂登りて見れば谷川の　流れけわしき五十のつり橋

つり橋のわたれる身こそうれしけり　もみじ色そむ谷の深きに

月見れば空しくすぎし旅のはて　山見あげれば雪まだ深し

あれこれと思いばつきぬまよい道　風吹くままの雲となりぬる

流れ行く年の数ほど抱く涙　かすみにきえて今日の青空

いく千代の流れはてなき高根祖野　代代にたれそめ今日の世の中

野地の花一つ残こして秋深し

北風にふかれてさみし古里の　椿咲く咲く草持観音

機る絹のにごりなき世の夢いずこ　昔のかげも今日はむなしき

ご霊神　祈りこめたし宮もあれ　祖先のれいもうらめしきかも

てつの馬　祖父と父よりわたされて　旅行く道に秋風さむし

青い麦

昭和五十六年

君はまだ青い麦
踏まれ踏まれて傷つき苦しみ
泣きたかったら泣くもよし
しかし　嵐にまけてはいけません
雨がふっても　流されてはいけません
風がふいても　とばされてはいけません
君はまだまだ青い麦
踏まれ踏まれて傷つき苦しみ
泣きたかったら泣くがよし
しかしその心　はい色にそめてはいけません
涙は天のおくりもの
闇夜にすててはなりません
スマイル　スマイル　スマイルで
五月の空をあほぎなさい
ひばりの声をききなさい
がんばって　がんばって
麦秋のくるその日まで

※当時暴力を振るうようになった長男に送る
私は中一から十八歳まで農家で大人の男と同じ
働きをしてきた　その麦踏みを思い出し　息子
に語りかけた

青梅線

（木村朝子　作詞・作曲　昭和六十年三月、平成二年十月）

一、電車が走るよ　青梅線
自然を愛する人々のせて
みどりに恋する人つれて
電車が走るよ　青梅線
御岳の山に近づけば
ゆず湯の湯けむり　ゆらゆらと
杉の木立を　昇り行く

二、電車が走るよ　川の上
自然を愛する人々のせて
みどりに恋する人つれて
電車が走るよ　川の上
つり糸おとす　岩の上
古里の駅に近ずけば
流れは　いつしかエメラルド

三、電車がつくよ奥多摩へ
自然を愛する人々のせて
みどりに恋する人つれて
電車がつくよ奥多摩へ
お糸の霊の魂　多摩の湖の
いにしえ人の泣雨
村肝しずむ奥多摩湖

岩の間にかくれてさけぶ杉の根の
水清けしや世には知らねど

商い演歌

（木村朝子　作詞・作曲　昭和六十三年十月）

一、枯風ピューピュー吹いて来て
並木の銀杏《いちょう》の衣をはいた
そんな通りを　ペタルをふめば
なみだ　涙　涙　なみだホロホロ
ホロリ　ホロ　ホロ　おちて
あァああ　おちて　おちて来ますのよ

二、私の心も冬枯立
上野の森に近ずけば
これから初まる春げしき
なみだ　涙　涙　なみだかくして
春らんまんの笑顔
あァああ　笑顔　笑顔つくるのよ

三、わが身のいたみは奥歯をかんで
これも子のためいいえ店のため
やがて花咲く商いの
はなを　花を　花を　はなを夢見て
又のおこしを　お待ち
あァああ　お待ち　お待ちいたします

四、茨の道はなんのその
二十の夢よ　わが恋よ
花よ咲け咲け商いの花
こんじょ　根性　根性　こんじょ一すじ
商い演歌　いらっしゃい
あァああ　いらっしゃい
いらっしゃいませ

鮨国の唄

（木村朝子　作詞・作曲　昭和六十三年十一月）

一、馬券買う前に国さんへいらっしゃい
オニオンなっとで冷酒のめば
明日は大穴バッチリ勘がよい
ホーラ　本命　三五　穴なら　二三
バッチリもうけて　鮨食いねえ

二、心の寒いお方　国さんへいらっしゃい
おかみの手料理　ふる里の味
くにを出る時　心に書いた
ホーラ　夢も希望も　ほのぼのと湧く
あったかおかみの鮨食いねぇ

三、やる気のない方　国さんへいらっしゃい
コーヒー焼酎で　葱とろ食えば
明日はやる気の　気力が湧いて来る
ホーラ　やる気する気は　実の成る気
バッチリ稼いで鮨食いねぇ

四、燃えている方も国さんへいらっしゃい
冷えたビールで　カンパイすれば
明日の炎も高嶺をこがす
ホーラ　燃える心は　智恵のうず
バッチリ燃やして鮨食いねぇ

大田市場開花の唄

（木村朝子　作詞・作曲　一、昭和六十三年十一月・二、平成元年八月・三・四、平成三年五月五日）

一、神田川から　大海原に
波も花咲く　東海三丁目
平成元年草木が映えて
大田市場に　日が昇る
風もさやさや　朝日と共に
さァさ　いくら　さァ　いくら
熊さん　八っつぁん
どんと買いねぇさァいくら
伊達や酔狂で　産地の労を
伊達や酔狂で競売掛けられねぇ
熊さん　八っつぁん
どんと買いねぇさあいくら
大田市場は　大田市場は
世界の市場

二、大きな森から　野鳥の森へ
鳥がよぶよぶ東海三丁目
平成元年尾花がまねきゃ
大田市場は　にぎやかに
風がささやく　東の風が
さァさ　いくら　さァ　いくら
チョイト　だんな
意気に買いねぇさァいくら
伊達や酔狂で　七つの海が
恵みし宝をさばけよか
チョイト　だんな
意気に買いねぇさァいくら
大田市場は　大田市場は
世界の市場

三、茨の野山を　かけめぐり
辿り来ました東海三丁目
平成三年　大とげぬいて
やぶの椿も花が咲く
鳥が泣く泣く　烏瑟沙摩明王《うすさまみようおう》
さァさ食いねえ寿司食いねぇ
チョイト　だんな
意気に食いねぇ鮨食いねぇ
伊達や酔狂で　七観一本
伊達や酔狂で修行は積まねぇ
熊さん八っつぁん
今朝も船出に鮨食いねぇ
大田市場は大田市場は
世界の市場

四、北に南殿さくらを植えて
願う弁才　天地の多網
平成元年　結びもかたく
石の荒なわご門にかかげ
見よや　日本の心意気
さァさ　行がんしょ女神山
チョイト皆さん
母のおひざは女神山
伊達や酔狂で　亀千代は
ご霊にもみの木植えはせぬ
さァさ皆さんよらんしょきがんしょ
松の口
しだれざくらのしだれざくらの　歌声を
大田市場は大田市場は
世界の市場

※烏瑟沙摩明王とはトイレの神様
おんくろだのうんじゃくそわか　という真言を
市場は世界から荷が集まってくるのでトイレの
ようであると思い　毎日念じていた

大師の声

（木村朝子　作詞・作曲　一、昭和六十三年〜平成二年五月七日・二・三、昭和六十三年十二月二日）

一、いろはにほへとちりぬるをわか
我れは初めて　絵筆持つ
葉それぞれに　夢有りて
行く路　楽しく思いども
この花の夢　いつの日か
生ずる光のあり日々を
心は遠くに進み行く
いく千年の　かけはしを
悲しき波の夜の旅路
君も歩みし海原に
我れも今立ち苦にがと
人の世の　うらはらを
見ゆて悲しき胸うてど
細き女の絹の音は
君にとどくはとおかりき
あァあおろかなる　人の世の
情の知恵は海深き

二、うっそうとしげりし空地一人立ち
世のなりわいを
見ゆて悲しき　いく年の
火宅のあとか　あれはてて
地には誰とて来は来ぬが
目にうつりし冬ばらの
赤き涙の　しみのあと
あァあ悲しき　人の世は
冬の海路に帰りなん
秋風に　ゆられて泣きぬ　枯れ茅の

分子のやどる丘もなし
月は雲間にかくれはて
菩薩衣を織る虫の
機のひびきも今ははや
闇の夜風に　きえはてて
み台所に火はもゆる

三、七年七夜の彼岸来て
万作の山　なお悲し
高根の流れもあれはてて
しぶきかけるるべコベコもなし
あァあ悲しき高根家の
み台所の　鐘がなる
八潮のはてにひびく鐘
夕日は燃える　あかあかと
早鐘ひびき　胸うてど

身は東海の三丁目
さとしさとして仏の道へ
学びの旅に手をひこか
十九の年から三十年
針のむしろを歩みし我れの
涙の声の悲しきさけび
きこゆる人は誰もなし
あァあ暗黒の世は近し

一、平成元年一月七日

日の本の神が御心つたえんと　世界にかけし昭和の血潮

広き世の清き流れを願いつつ　赤き河原を昇る民親

十年も長らえ生きるこの命　神が御心世につたえんと

この花のびゃっことなりしひじりたち　集いてさけべ水清むまで

幼子や赤き日本の綱ひいて　不動の力となるはかなしき

松の枝の伸びて今日の春の日は　水を送りし根の夢路かな

わびすけや利休にわびて世にわびて　椿さけべと三原のけむり

お手姫が機りし菩薩のめし衣　闇の夜風にきえてかなしき

法《の》り深め我れはずかしや身の業を　誰かにくぎうち吾がたるを知る

五十路坂登りて見れば谷川の　いく山川の木草がめぐみ

西東今日もきのうも我がために　花の恵みのにおいぞうれし

杉の根の真目あふれる湧水の　山を守れよ森のおさたち

今市の二の宮神に来て見れば　明治の業はいまいちたらぬ

一、平成元年八月二十四日

この原は草のおりなす業ゆえと　分子に語る花の真心

商才を己の知恵と山猿め　広瀬の水をあらすはおろか

杉の根の水をくみくみ参られよ　日光きすげの咲く山すそへ

商才は一心一路青い竹　己をみがき山猿は水

地をあげて三千の魚およぎだし　開古の糸はますらおの口

ますらおをふりかえ見れば白菊の　胡瓜天皇三千の親かも

黄金の花

（木村朝子　作詞・作曲　平成元年八月二十四日）

一、地蔵菩薩は　もの言わず
だんまりだるまのだましうち
駒はピンピン　泣くばかり
笹はさらさら　頭をたれて
大金小金の　花が咲く

二、ささにさらさら　峠の雪は
黄金が原に　しみこんで
駒の日草の　このめふく
目ふきがらすは　かあかあと
桑の根株に栗かくす

唵《おん》訶《か》々《か》迦《か》毘《び》三《さん》摩《ま》曳《えい》娑《そ》婆《わ》訶《か》
（地蔵菩薩の真言）

桑の根のちちすって生きるかぶと虫
奈良のくぬぎの古柱かじる

大木　（木村朝子　作詞・作曲　平成元年九月十五日）

一、三十路すぎても
立てないあなた
せめて　五十路の
坂こえぬまに
枝をのばして　葉をつけて
私をつつんでほしいのよ

二、情け知らない
あなたの水は
なぜに無情の
北風ばかり
私受けます　その風を
あなたを大きくしたいから

母と娘の水

（木村朝子　作詞・作曲　平成二年一月十三日）

一、よせ来る　嵐にたえかねて
流す涙の　数々は
常に湧きくる泉の水に
とめてやさしき山裾の
もみじ色染む　秋の路を
映して清き　母と娘の水

二、茨の坂道　のぼり来て
ふりかえ見れば　絹の糸
切るに切られぬ母と娘の糸
母の笑顔はそのままに
都の春の　さくら花
咲きて　うれしき母と娘の水

こんこん智《さとし》は北の風

（木村朝子　作詞・作曲　平成二年五月七日）

一、北風北風ピューンピュン
神の彦木がピョーンピョン
山から智《さとし》が　おりて来た
皆んな上がい上楠だない
地っちの言うごど聞いでっかい
葉っぱの言うごども聞がんしょない
皆んながまんも　しらさんしょ
うそこぎ　にらめっこだめなんだぞえ
皆んな目だぞえ目っからない
言うごど業こどと心は
いっしょだぞえ
北風北風ピューンピュン
神の彦木がピョンピョン
かせをひくなよコーンコン

二、北風北風ピューンピュン
神の彦木がヒョンヒョン
山から智がおりて来た
つくしの皆んな元気がい
先生の言うごどきがんしょない
がまんもたまにはしなくちゃない
皆んな仲よぐしらさんしょ
うそこぎ　にらめっこ　多目なんだぞえ
皆んな目だぞえ　目っからない
言うごど業つこどど心は
いっしょだぞえ
北風北風ピューンピュン
神の彦木がヒョーンヒョン
かせをひくなよコーンコン

六才の召されて智　つくし組
ふげんの山の風となりぬる

ご神火駒

（木村朝子　作詞・作曲　平成二年九月二日）

一、パカパカと駒が行きます
　ご神火駒が
　春の巻絵を売りながら
　なぜに絵巻を売るのやら
　千両手にしてかけて行く

二、パカパカと駒が行きます
　ご神火駒が
　秋の夜風を巻きながら
　誰も通らぬさばく道
　らくだ求めてかけて行く

三、ピンピンと駒が行きます
　ご神火駒が
　六万国の苦世の道
　大金小金を背にのせて
　無情の雨風受けて泣く

四、ピンピンと駒が泣きます
　ご神火駒が
　不動の荒火受けて泣く
　大亀小亀を背にのせて
　水をもとめて法の旅

しもの月かかる雲さえ荒らぶれて
　すみゆく水のたびはつめたく

尾花　（木村朝子　作詞・作曲　平成二年九月二日）

一、ゆらゆらと風にふかれて
ゆうら　ゆら
誰を待つやろ　あの人は
秋の夜ふけのいたみをだいて
ゆうらり　ゆらゆら　ゆうら　ゆら
川のほとりに　一人立つ

二、ゆらゆらと風にふかれて
ゆうら　ゆら
私しゃ行きたいあの村に
春の日だまりおいかけながら
ゆうらり　ゆらゆら　ゆうら　ゆら
朝草刈りの来る山へ

江戸の道たずねて見れば荒川に
　利根のすすきの集いて泣きぬ

平成二年十月二十二・二十五日

高熊の朝ぎりわけて水くめば　秋の田村草野ぎく咲きおり

朝もやにつつまれ咲きしこすもすの　花はやさしき由利ににてかも

朝ぎりをわけて登れば高熊の　どうに朝日の昇りてうれし

白ゆりの実一つ成り高熊山　なんとはなしにさみしきつとめ

この花の道

平成二年十月二十五日

雨が降れば　貴方の涙
風が吹けば　貴方がよぶの
そんな気がして　この道を行く
あァわが君　ひまわりの君今いずこ
君の苦労も　知らずして
わが身のつらさに　うちかてず
闇の夜道を　歩みなん
あァわれ　おろかなり
ようやくに　君のみそばにたどり来て
かみをひもとき　金竜水で意をきよめ
髪を洗って　ひざまつき
君のみそばに　たどれども
君に逢うとは　糸かたし
あァ我れは　秋の路に

垣根はなるる　朝顔の花
君と逢えるは　夏の日の

大神様の　おん前か
そえてこの世を　守りゆく
この世の花と　なるのやら

桓武の顔

（木村朝子　作詞・作曲　平成二年十月二十八日）

一、法の実山の　山ざくら
昔のままに　におうなれ
道のしおりの　あととめて
光のみさおを　立てよがし
三千世界の　梅の花
清くやさしく　たくましく
香りの神の　山気野に
とどろけさけべよ言の則

二、気の子お巻の　言の則
わすれて　喜多の子　泣くばかり
お松の口さえ　口ふうじ
富士のお山は火を吹きて
お糸の花は　色の町
三千の山の　山ざくら
ひらいてとじてちる花は
花塚山の　石の玉

三、口太山の　梅の花
昔のままに　におうなれ
お武の願い　いつまでも
三千の山に　ふきよがし
万作山の　ばらの花
いついつまでもあたたかく
広瀬のみ玉をくいよかし
昭和の世気道うここに有り

四、三千世界の　梅の花
ひらいてとじてちる花は
お東さまの　ひざまくら
大谷　小谷の　山こえて
たどり来たりぬ伊達の野地
相馬ながめて将門は
山のからすに文あずけ
糸巻　たこの　ほととぎす

五、春の都は糸の町
くるり　くるくる　糸車
たぐりて見れば　八代の
山のさくらも　花ふぶき
岩しょう山の　石段を
のぼりてくぐる竜宮の
ご門の中の釈迦如来

生糸の波にゆらゆらと
ゆられてつきぬ広瀬川

六、秋の御殿を見おろせば
はたおりひめは　ぱたぱたと
恋しき人の面影を
忍びて　すすり泣く涙
糸にそめにし　七色の
虹をおりなす　音さみし
くるり　くるくる　糸車
三六の春をしのびつつ
ぼさつにささぐはたをおる

七、花の都の神田川
将門さまは　大手をひろげ
春のじょうどをしのびつつ

はたおりひめに糸送る
富士のお山のかすみ糸
お茶の香りをふりかけて
つるの背にのせ　糸送る
じょうどの春を忍びつつ
ぼさつ衣のよりの糸

竹の花

（木村朝子　作詞・作曲　平成二年十月二十八日）

一、タン　タン　タン
たんたんたんばの松の木は
大江戸たぬきの　筆の先
色にまみれた　糸だるま
もめんのわたに竹のはし
千代に竹千代　みそだるま
大田の山ぶき　月月亡
月つきてっぽ　水てっぽ
天歩の里は　川の俣

二、タン　タン　タン
たんたんたんごのおせっくは
柏手かくした　新古もち
ちすじを巻いてちまきもち
ちまきのささは　くまのささ
笹は清水の　ひげ地ち
初のひげはうかの神
うかうかしていると日地てっぽ
てっぽの玉は　雨の玉

玉川

平成二年十一月三日

山ぶきは　大田の森の塩の山
お梅やしきに　笠がなく
しとしと　しとねに一夜を明かし
品の川　地呂長やしきに
石松あずけて旅からす
旅の宿にはじょろう買い
たまらぬたぬきの泥あそび
たぬき　泣く泣く米の倉
米をそまつに　目つぶしの
目組のはたを　ふりかざし
お糸の霊の玉　玉の川
奥の村から　泉湧く

平成二年十一月三日・平成三年二月一・十四・十五日

ますらおをふりかえ見れば白菊の　胡瓜天皇三千の親かも

地をあげて三千の魚およぎたし　開古の糸はますらおの口

松菊の朝日にかける南部機　みのぶの山の冬ざくら待つ

武蔵野の竹の花咲く新宿の　大和の女松大宮に有り

すさのおのみことの夢は鮨国の　しゃりと魚との海苔の巻かも

寒すずめなにを求めてまよいおる　さざんかの花咲ききそう中

すすきゆれ娘の活る盛花の　ほのぼの香る白菊の花

ふる里川俣役場へ「父母偲受の教え」五百部　「阿弥陀教」百部　しだれざくらの苗木五十三本送る

ふるさとの輝く魂の水送る　千代に八千代にしだれよさくら

東海の平和の森に待ちており　若竹生ゆる千代のねこ

豊なる月の光は青けれど　母の香りの花の香ぞする

ほのぼのとさくら咲きそうふる里の　月もおぼろに春来を待つ

一茶　一茶　春の日だまり追いかけて　風にふかれて糸結ぎつつ

ササラ

（木村朝子　作詞・作曲　平成三年三月十六日）

一、ササラサラサラ　ササラの水は
一羽のすずめが　泣いて居る
里に雪くりゃ里に雪くりゃ
里に行きたと泣いて居る
糸巻ばあさんくるくるり
くるりくるくるたぐり糸
竹のやぶから　雀の涙
もち帰り　元の地地
すずめの涙は　ひょうの王

二、ササラサラサラ　ササラの水は
初めの地地の　おんがえし
初めの地地は　すずめの涙
お小田でポカポカあたためた
西の山でも　東の山でも
ぼうさんぶつぶつ　おねんぶつ
ひょうはさらさら　竜の宮
竜の口から湧き出た水は
お玉が池の　たまり水

沼杉

平成三年三月十六日

※千躰荒神と共に朝五時より二十時まで歩いて目
にしたこと

お里のやさしき　玉心
ふじの御山の　ササラの水は
サラリ　サラ　サラ　皿井戸の
お菊のよごした　うらみ水
東の坂を登り来て
白羽のやいばに身をしずめ
ササラは皿目の沼の杉
とことこ沼杉　たずねて見れば
東天紅の　三仏宮
東大原子力研究所
赤い車がこわれて　ストップ
地蔵菩薩に　つげがよぶ

子育て地蔵にねこがきて
おきろおきろとさわぎおる
ねこは　日光東照宮
五代将軍　綱吉の
寺に沼杉　待つばかり
浄土をしのびて　待つ沼杉は
はるか中国の　源　水なり
みつば　つつじの　根津の水
早川下りて　富士の川
清水に咲くは　てっせん花

山清く草木も清く流れ来て
　神また清き四恩神山

竹千代

平成三年二月二十二日

竹千代もめんの糸枯れて
ここは日光東照宮
水尾のやさしき玉心
天と海との　おじひの手
かたく結んだお糸の春も
小町むすめの秋ざくら
けんと業とのおとし水
ここは小綱木糸の里
五光の神に守られて
流す永川の流し水
東の海の果てに来て
東十綱のつむき糸
六十やかたの十日町
生母ねぐらの越後路か

丸に二の字の上野野地
枯風すさぶ文殊の知恵も
ぶんぶく茶がまの　たまり水
　つつじが原のはいぶんぶん

富士尾の目ぬけ

（木村朝子　作詞・作曲　平成三年三月十六日）

一、ハァ　東小富士が　火をふいた
不二の尾山はなぜおこる
観観山の頂きに
雪が降らぬとおこりだす
ハァアアアア
お永川さまの涙が枯れて
山の草木が　おなかをすかす
ハァ山の草木が　おなかをすかす

二、ハァ　尾原緒助さんの馬子娘
一心一路の道こえて
観観山に　木を植えた
雪か降る降る野に山に
ハァアアアア
もも山さんが　人蒜たべて
朝も早よから　草を刈る
ハァ朝も早よから　草をかる

三、ハァ東天海目をかくす
不二の病で　玉入れて
観観娘は　たいをつる
末のお山の流し水
ハァアアアア
金金さまは春らんの
もものさとしに目ぬけを送る
ハァもものさとしに目ぬけを送る

四、ハァそうら空空尾千代子　千代意
まきに目をとられ　目ぬけだい
卯面流して鱒をよぶ
大網小網で古月の
ハァアアアア
氏は胡瓜の道祖神
卯面恋しや　河原の土情
卯面恋しや　河原の土情

絹の里

平成三年三月二十五日

絹の御里は　日の本の
山の一葉の　旅路なり
雄々しく猛る　草々の
花のお宿は　川の俣
世おりつ姫の　おる花は
山のさくらか　草の根か
草のおかした　つみづみを
一つつんでは　父のため
二つつんでは　母のため
不動の力と　なる子らの
涙の数を　いただく草は
地蔵菩薩に　水かけて
この世のあかを　流しおれ
人幸掛けては　馬子のため

双幸掛けては　舎利のため
身幸掛けては　花のため
唵訶々迦毘三摩曳娑婆訶《かかかびさんまえいそわか》
至心瞻礼地蔵尊
一切悪事皆消滅
所修功徳回法界
畢竟成仏超生死
南無地蔵菩薩
春日の山の十二の社
春の三月参れたし
春らん山の竜神さまは
ようやく安堵の胸おろす
ご霊《りょう》の山は　梅香り
さらりさらさら清水は流れ

しだれざくらの　花ざかり
氏の母親は　ひらひらと
金ぴらさまに　舞いおりて
桑の葉影に　氏やどす
くるり　くる　くる　糸車
辿り来たりぬ　何千の
帰り来たりぬ　ふるさとは
さくら花ちる　花の塚
万咲山に　わびの助
里の夢路を　辿りて待つは
待つは塩路の　枯れすすき
大田の森の　野鳥たち
道のべ道のべ　道明の
しだれざくらは東海の
塩の花ちる　三丁目
北の山路の春を待つ

平成三年三月二十五日

六十路坂越えてまがれば地の元の　出湯湧き出る岩となりぬる

わくらばをけむりときえるかなしさは　地元の宝あとかたもなし

わくらばをあと来る子らの水元に　そっとかくして世さりにけり

お風呂やさん

（木村朝子　作詞・作曲　平成三年五月十四日）

一、今日は行きます　お風呂屋さんへ
夜空の星も
シャラ　シャラ　シャラリン
心がはずめばペタルもかるく
くらい夜道も
シャラ　シャラ　シャラリン

二、ワインコーワで身体をいやしや
今日のなやみも
シャラ　シャラ　シャラリン
あせを流して心もかるく
明日のきぼうに
シャラ　シャラ　シャラリン

男の仕事

（木村朝子　作詞・作曲　平成三年六月二日）

一、可愛いおまえが　いればこそ
明日の仕事に　夢燃やし
酒に女に　おぼれても
夜が明ければ　仕事のおにだ
野馬荒馬　たずなを持てば
命掛けだよ　男の仕事

二、可愛いこの子に　夢かけて
明日もやるぜい　父ちゃんは
酒だ酒だよ　もう一本
夜が明ければ　仕事の鬼だ
波も荒いぜ　世の海原は
命がけだよ　男の仕事

平成三年六月七・二十三日

元番の足をひやして胡瓜氏　西のお山の熱とるるかも

桜田の足をひやして胡瓜氏　東小富士の熱下るかも

千年の杉かるるなと十五年　涙かるるるおさとし地蔵

身のたけをみつめて万里一人旅　宇宙の園もわが元に有り

日の本にたずねし三尊たずぬれば　生まれしやかた日の本に有り

朝顔にふきぬく風のさわやかに　五時の言の音一日の力

よみがえる青春

（木村朝子　作詞・作曲　平成三年六月二十八日）

一、あの人も　この人も
山の息吹きに　さそわれて
あァあァ　よみがえる青春
山は青いよ
あァあァ　あああ
ささやくは　紅あざみ
あァあァ　恋するあざみ
あァあァ　君つむあざみ

二、あの山も　この山も
色さそえつつ　めぶく木よ
あァあァ　よみがえる青春
山の真心
あァあァ　あああ
もえたつは　紅あざみ
あァあァ　夢見るあざみ

三、あの町に　この町に
流れて行く　山の愛
あァあァ　よみがえる青春
深山の泉
あァあァ　あああ
野に咲くよ　紅あざみ

四、あの村に　この村に
そよそよと　春の風
あァあァ　よみがえる青春
山の喜び

あァあァ　ああああ
あおき見る　紅あざみ
あァあァ　やさしきあざみ

五、あの川も　この川も
ただようは　山のうれいよ
あァあァ　よみがえる青春
山の恵みよ
あァあァ　ああああ
よりそうよ　紅あざみ
あァあァ　めをふくあざみ

三三観観

平成三年六月二十九日

七月の空は曇りて
白詰草の野原
白馬がやってくる
ご霊の前のクローバの野原
石は観観　三三観観
およいでおよいでおにこっこ
かん切り　お手玉　じんを取り
じゃんけん　じゃかいも　かくれんぼ
なわとびからすの三三かん観
三六わらべの二輪の取り
コッコ　コッコのふせくらべ

平成三年六月二十九・三十日

つゆ草を一輪そえて　君を待つ　にぎるすしねた　水におよぎぬ

松香る　山のいぶきと共にはゆ　則はとうとし　うるほうこの身

喜こべば夏のあせさえ有りがたくあおく御岳の　杉の山山

友の父大根の花　身をかえて　帰って来たぞ　どてに咲きおり

ようやくにベルリンのかべ　こわされて　世界の人に出口をわたそ

大神の願いにそむき観音は　頭生れて　目一つ生ゆる

山の愛　大本に行きねがう母　杉にたくして目頭の岩

鬼の夢あざみにたくし松が風　草はつつみて白馬守りぬ

白詰の心やさしき野のすみれ　桑畑かこみ山ぶきに問う

松梅に竹はなびきてなよなよと　春風きよく三角の富士

古月の胡瓜倉出し富士のわら　梅ばち洗う十五夜の月

四代にじゅずをささげて四代の　大古を手にすおびはとけゆく

西へ行く船木の願いもいもんの　井戸の中より生《い》出て世守り

祖父の夢一人歩みて十五年　昭和の罪もきえてさり行く

ほのぼのと月は昇りて赤赤と　月は色して二十丸の月

七才の豆柿食って日のとらの　わなにかかりて赤くそむ玉

青へびは家を守りて言のやり　この胸にさし十五夜の水

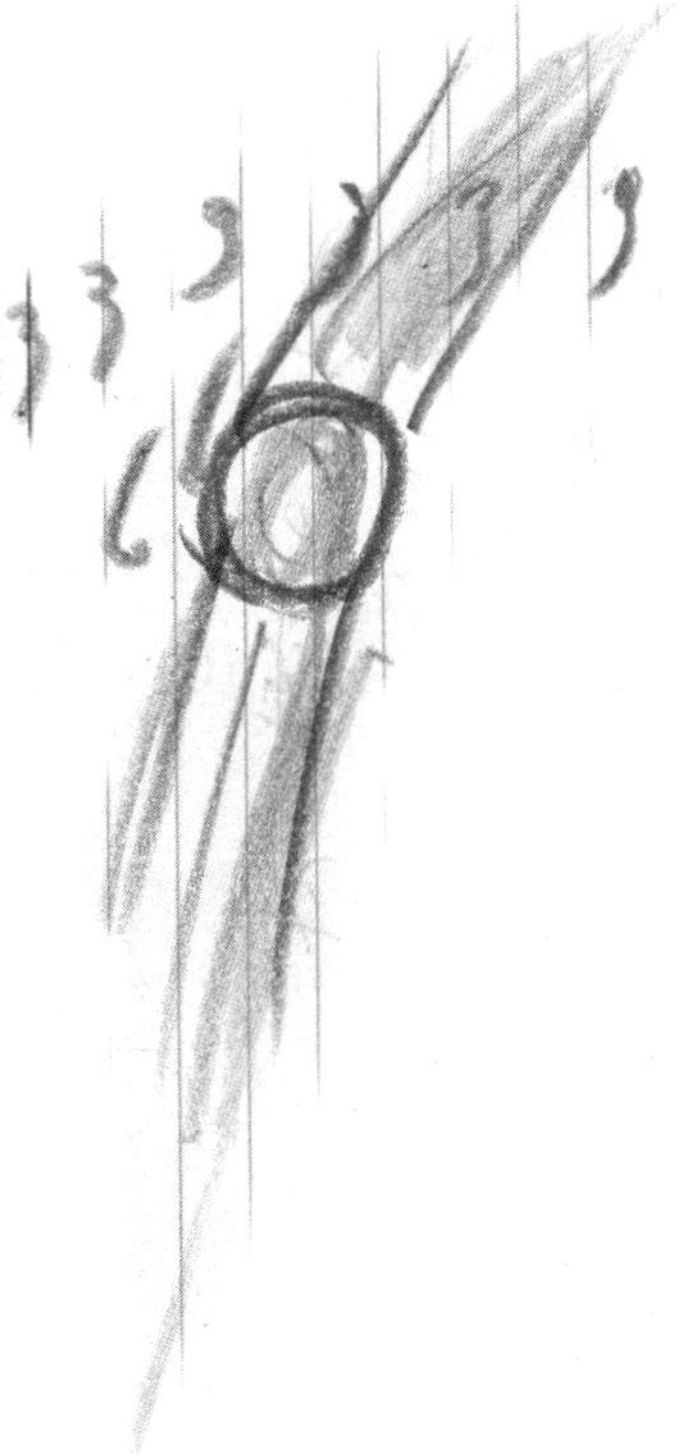

大田福

（木村朝子　作詞・作曲　平成三年七月十六日）

一、春日の大田福　三度豆食って
三月三日に　三度酒のんだ
三三苦利くって　三目三目泣いた
三掛　四掛　五掛で　十五
十五夜お月さま　万丸　丸山

二、三柏たたいて　しか羽根受けて
三角山も　丸山さんだ
三ヶ月さまが　かすみをおとし
いがぐり頭の　丸山さんは
杉がのきのきつんつんつくし

三、春日の大田福　三本杉植えて
三月三日に　三度豆いった
深山の苦利取ってさらさら笑った
二三が六で　六三受けて
三国のために　株洗い
深山のからすが火火泣いた

四、春日の大田福　三度豆食って
三月三日に　三度酒のんだ
さんざん苦利くってさめざめ泣いた
深山のからすが　三本足洗った
からすは地蔵さんの　世だれかけ

平成三年八月七日・十月二十一・二十九・三十日・十一月二・七日

渦を巻く谷の小川はかわらねど　見ゆる心はうきつしずみつ

とどまるを知らぬ小川の水かなし　塩のやみじで一人たたずむ

塩の田に干したる水のかえり道　雪の山路をたずねて寒し

頼朝につばかけ帰る竹前の　花の香取る穴守いなり

万物は己の大師見よ大地　山は吾が父草原は母

たえしのぶ母の真心泉谷　あほぎ見る山白ゆりの香

湧き生ずる新なる水清き世の　流れいつの日待ちわびる天

なくかやの声はとどきて薮竹が　馳せ来る明日の風の音きく

夢を追う夢の路ゆきてすずの音の　天の高橋つくる夢おう

天照らす母が真心崇神《すめかみ》の　桜井清むしかばねの里

天の橋わたる太古の水み神　母がまくらべよりて大宮

祖をよびて梅の花におう風の来し　たがいにきずこう白詰の年

秋の風すさぶ夢路のかげかなし　山が真心山の尾さ尾に

一の山流れてつきぬ水の尾を　塩の山路でかえるきり待つ

歩み

「東海大末前さま亡より」　平成三年八月二十四日

六才の命はかなき荒れたる祖家の
風に吹かれて　めされ行く
親の甘さを　さとせども
めされしことの悲しみや
わが心の　さみしさを
やれ誰ゆえにわめきおる
そのまた親も祖父母まで
やれ誰ゆえにこのざまと
お地蔵さまなど作っても
地蔵菩薩のなんたるも
知らずに自分の胸おさめ
めされし子供は一つぶの
お種かくしの神のわざ
とうとき仏のみ教えを

いただく道の地蔵尊
祖野の枯葉をふむごとし
塩路たどりて一羽のからす
があがあさけべど耳はなし
智恵子の先を安じつつ
祖野の大火事しのび泣き
山にまつりし氏神を
たずねて見れば荒れはてて
ばばも祖ばばも参って居ると
両手あわせるだけの業
けって　なでて　またけって
心のまりは泥まみれ
ばばもおじじも泥の中
心さわぎて送りし宮も

なんの有りがためいわくと
カラオケ　ダンス　酒の宴
祖野を安じてあせ水流し
やっともとめし宮三宮
もものさとしに教えの教も
ふんだけったの大そうどう
おろかなる無情の風は吹き荒れて
春の山路は　とおかりき
さくら花咲く　故郷の夢も
今は悲しき夢まくら
ご霊に掛けしいにしえ人の
願いむなしき細きうで
草の茂みでかねたたく
かねの音さえも今はなき
思いあまって電話する
今日は勝枝のご命日

ごまの畑に身をなげて
祖野の守りに地国行き
祖母に掛けにし塩路の峠
朝子一人の胸の内
四十四年の今日の日も
兄も妹も弟も
たずねる足もきりの中
四十四沼の　水よごし
菅野　綱糸　菅原の
かくれみのなる二本松
智恵子のねむる九十九里
さつまを焼いてラッパふく
ほらふき三びょう大正ガラス
九里より旨い　さつま爪
わくらば集めて　さつまを焼いて
ラッパ吹く　ほらふき三びょう

春日のびょうぶ
酔いどれ歩きのあっハハ
おれは東の天海さまと
あっハハの杉おこし
中州もち月十五夜の
月のしとねの夜泣石
草の絹糸たぐりて見れば
草もちかついて文太郎
文もよまずに草まくら
立男にたくして村松の
生利の小玉をつかわせりゃ
おのれの手がらと色あそび
生利みがきの喜多の子は
紅い椿の花のべべ
四ツ身の袖も晴れやかに
たいこたたいて花椿

お御所椿に草持椿
おどるあざみの花の宴
塩の旅路の旅じたく
七つ泣き泣き豆柿食って
裾もぬれます十三参り
親の情もしらじらと
うすき情にそむみ玉
年は十六茅ぶきの
屋根のふきかえぐし上げに
玉のおとしご口にして
※玉という愛犬の子犬を食む
うらめし親のばらのとげ
いたみかくして十八の
三島の旅は無言の行
み門のやしろにたどりて見れば
いさの言やり荒波の

喜八の情を背に受けて
夜ぎりの旅もはだ寒く
杉並こえてけやきの路
唄をわすれて二十三
花の神田に勇みて見れば
都の花もとげだらけ
えんも切れない三六のつむぎ
花に切られて身をすてて
歩きし足もつかれはて
この世の別れと思いきや
頼朝公があらわれて
馬と子の子かげの力
水戸のつかいが経くれて
仏の道も荒業の
七分　八分　われ　頭
この身切られしうらみをたてに

すがる餓鬼道背にのせて
昇りし文台　四十八
昇る朝日の光さして
よくぞやりたと女神の声に
天神坂も男坂
女も男となりにしか
唄の数々かぎりなく
あらゆる紙に書きそめし
二十八観取りしかと
浅草観音堂の中
観音経をよみおえりゃ
どこから来たかインドの女
三ツゆびついて有りがとう
これはふしぎと思いきや
我が身で有りて我れは誰
これが他力の神徳か

道も別れの右左
いずくへ行くもやすけれど
ひきいるひつじの泣き声に
行きも帰りも地獄道
塩の旅路の水無し川は
荒れくるう山のいかりなり
普賢の山はわが父か
親鸞さまのお手先か
春蘭山は古里の
昔名高いいなり山
天より下りし神地なり
宮も荒れたる世も荒れて
国の宝も今ははや
やみの夜風にきえんとす
ああかなしきや悲しきや
女神のうれい身に受けて

深き輪廻で生まれし我れは
お手姫さまの母親なりかも

ふりかえ見れば

平成三年八月二十四日

ふりかえ見れば塩路の峠
五十三つぎ　つぎあてもんぺ
木綿のもんぺでのらかせぎ
すずもわれます言玉の
絹のもんぺに早がわり
祖母はこがねや宿屋のおかみ
元のじじが便より書く
越中富山の薬売り
とりうちぼうのてっぽうち
へやもうめます電線こうふ
昔取りにし百玉を
まごに見せんと大やけど
寒ぷら芋で熱を取りゃ
喜多のおかほは岩さま

夏のふうぶつ江戸の花
坂東皿屋しきなる
上野の野地ののやよいかんは
今じゃ国鉄のもちものなり
えんかゆかりか知らねども
東武鉄道片入れの
歴代天皇まつりし寺は
成田不動の枝わかれ
今じゃ皿沼不動尊
加賀藩ゆかりの地に立ちぬ

平成三年八月二十五日・十月二日・十一月七日

風ふくや朝日に映ゆるねこじゃらし

市清め空かん集め三十分　秋風そよぐ日曜の朝

花大根帰国したぞと戦友に　むごんで語る海山越えて

箱根路や古昔人の影ふみて　きこゆる笛の音は水の音に

母のくし受けてうれしきとわの夢　わこにかけたる　たまおとなりぬ

流れ行く世におわれて胸音が　今日も明日もやむることなし

ますら尾

平成三年九月二十二日

ますら尾を　たずねて見れば
成る梅の　けやきの旅は
青梅街道　調布の宮よ
おたけ恋しや　さつまの地下で
ねむるおますは　十星寺
三ツ木の原を切り見れば
星野の地の　水三神
江戸の月地の流れ星
丸十パンで焼いも売って
浄土の十星寺で待つ
調布の地蔵はもの言わず
笹にさらさら笹塚の
富士見が丘の　別れ水
ちちぶの　山に　秋の月

畑が荒れます　いのししを
ほえるお犬のかげさみし
かみもあらわにかねたたく
お七悲しや　すずが森

恋にやくるる江戸の火事
松尾はいそぎ旅に出る
おくのほそ道なよなよと
八七川清め清世路の
やなきなよなよ柳井の
江戸をすくゆる柳井戸
文明文化のやなぎごり

ふるさとしぐれ・赤いまり

（木村朝子　作詞・作曲　平成三年十一月十二日）

一、天天手まりの手がそれて
ゴールで麩の玉　山よごし
いが栗頭のわらしこは
お山がくさるとくさ頭
三河の万才草を刈る
三河の万才草を刈る　草を刈る
サンサラササラ　サンサラササラ
サンサラササラ　サンサラササラ

二、お盆にくるまぶお中元
母さん車ぶ　煮わすれて
二羽取り玉子の目玉焼き
面玉たべたわらしこは
コッココッコとり布施集め
コッココッコ取り伏せ集めふせあつめ

三、桶伏山の　赤鬼さんは
金竜水で　玉みがき
お国の荒波背に受けて
水亀山の　青鬼待って
百年すぎたよ　山が泣く
百年すぎたよ　山が泣く　山が泣く
サンサラササラ　サンサラササラ

四、一羽のすずめがやって来て
山がおこるよ富士の山
椿の花に　ささやいた
杉の根本で　クリッパは

ぎりを立てたよがまんして
ぎりを立てればかまかえる
ぎりを立てればかまかえる　かまかえる
サンサラササラ　サンサラササラ

※子供の頃　コッコ鳥《とり》という行事があり　よその
　家を鳥になって一軒一軒回り物乞いをした
　それを通じて私は色々な家庭のあり方を学んだ

雨笠・日笠

（木村朝子　作詞・作曲　平成四年一月二十九日）

一、ハイ　梅が咲いたよ　荒川尻に
すみだの鶯　まだかいな
きらりきらきら
朝日が昇る
ハイ　シャン　シャン　シャラリン
いなり山から　もずが来た
松の木かげで
鶴さん亀さん道を引く
ハイ　雨笠日笠で竹立てて
日笠雨笠ぎりを立て
ハイ　シャン　シャン　シャラリン
シャン　シャラ　リンリン

二、ハイ　由利が咲いたよお山の裾で
そよふく風は　まだかいな
きらりきらきら
朝日が昇る
ハイ　シャン　シャン　シャラリン
香取り山から便より来た
竹の小やぶで
末広すずめがほねをおる
ハイ雨笠日笠で竹立てて
日笠　雨笠　ぎりを立て
ハイ　シャン　シャン　シャラリン
シャン　シャラ　リンリン

三、ハイ　さびた色です　けやきの秋は
さび茶一ぷく　まだかいな
ゆらり　ゆら　ゆら
月さえ昇る
ハイ　シャン　シャン　シャラリン
子狸さんが　せいぞろい
三ツ葉　つつじの
旅路の果ては杉の浦
ハイ　日笠　雨笠　亀を立て
雨笠日笠で竹を立て
ハイ　シャン　シャン　シャラリン
シャン　シャラ　リンリン

四、ハイ　松が見えます　ずいがん寺から
青大将は　まだかいな
ゆらり　ゆら　ゆら
月さえ昇る
ハイ　シャン　シャン　シャラリン
雪の小富士に　うさぎ来た
峠の地蔵さま
竹千代　亀千代待ちておる
ハイ　雨笠　日笠で竹立てて
日笠　雨笠　亀を立て
ハイ　シャン　シャン　シャラリン
シャン　シャラ　リンリン

この花のささやき

（木村朝子　作詞・作曲　平成四年三月二十八日）

一、ハァ咲いた　咲いたよ
苦労の花が
人に踏まれて道端に
あの道　この道
奥の細道　なよなよと
四ツ葉さがしの旅の果て
白詰におう　つめの花
サァッサ　サッサ　サッサ
摘まさんしょ
裏木戸たたいて
摘まさんしょう

二、ハァ咲いた　咲いたよ
白波越えて
辿る塩路の波の花
踏まれ踏まれて道端に
あの道　この道
奥の細道サカサカと
山も野原も雪が降る
白玉におう雪の花
サァッサ　サッサ　サッサ
摘まさんしょ
裏木戸たたいて
摘まさんしょう

三、ハァ咲いた　咲いたよ
椿の花が
九郎義経竹の花
砂鉄集めて正本の
あの道　この道
奥の細道光光と
丸二四ツ目を背にのせて
白玉におう苦労花
サァッサ　サッサ　サッサ　サッサ
摘まさんしょ
裏木戸たたいて
摘まさんしょう

四、ハァ咲いた　咲いたよ
さくらの花が
横山大観漂の霊
さくらふぶきは野に山に
あの道　この道
奥の細道はらはらと
梅も香るよ吉川の
白詰の花　多摩の花
サァッサ　サッサ　サッサ　サッサ
摘まさんしょ
裏木戸たたいて
摘まさんしょう

平成四年四月三日

空見れば　白と黒との二身雲　なにゆえに　天　われをよぶなり

遠き日に帰りて祈る水かけの　八万四千　涙雨降る

あの空は　私と夫の　心内　なにゆえに天別れるべきか

雨は降る　黒髪すてし　涙雨　竹の秋路はかなしかりけり

一人泣く　いく山越えて　花咲けど　わが君の胸　いずくに有りしか

髪を五分におろす時

平成四年四月四日

雨の中笠はさせどもこの身ぬれ　涙なみだのとこやの細道

いそがねばならぬと思えど今日までの　竹のふしぶしうしろ髪ひく

はらはらとちるはさくらか我が胸か　この地にささぐ我が衣肉

わが頭上　天は白黒二つわれ　行こかもどろか荒川の道

平成四年四月六・七日

我が心　いつわりの道　行く道に　雨は降る降る　嵐波こえて

十六の　胸にそめにし　うす衣　糸のふるさと　かなしかりけり

わが君と　せつなく別れ　岩しょう山　さくらちるちる　十七の恋

旅立つは古昔人を背にのせて　悲しき機の　ひびきを胸に

手をふるは　おさなきなじみの友一人　米子の声も　遠くかすれて

わが父と　話すことなき気車のまど　みかん成る木に　みぞれふるふる

大場川　流れる　水のぬるむ頃　富士のすそねの火事のこわさよ

ピンポンの朝のうつ玉森永の　庭に白詰咲きてうれしき

黒かみをすててかなしき木地の親　千代千代と泣け深山の桑畑

一人きり亀の涙を背にのせて　朝日にさけぶつるの泣き声

山ほどの仕事を前に手もつけず　この想い書く春らんの夢

川俣音頭

（木村朝子　作詞〔一番から十二番まで　本多青華　作詞〕　小関裕而　作曲）　平成四年四月八日

十三、ハァ伊達の亀千代　糸路をたどり
昇るまた旅　広瀬川
ハァ　いつでもからりっこ機の音
どんどと織り出せ国の富

十四、ハァ機の織り娘に想いをよせて
つめる白詰　いなり山
ハァ　いつでもからりっこ機の音
どんどと織り出せ国の富

十五、ハァ勇む旅路は　男の木摩摩
石の地蔵さんにまつられた
ハァ　いつでもからりっこ機の音
どんどと織り出せ国の富

十六、ハァ色の旅路も一すじ三すじ
すみ焼くけむりも三すじ立つ
ハァ　いつでもからりっこ機の音
どんどと織り出せ国の富

十七、ハァ一人旅では見るもの見えぬ
二人歩むは　つると亀
ハァ　いつでもからりっこ機の音
どんどと織り出せ国の富

十八、ハァ東御前は男のきまま
薙刀立てて　いなり山
ハァ　いつでもからりっこ機の音
どんどと織り出せ国の富

十九、ハァ伊達の正宗片目じゃならぬ
　ねこに御前を　なめられた
　ハァ　いつでもからりっこ機の音
　どんどと織り出せ国の富

二十、ハァ広い世界に思いをよせて
　いろはちるちる越後路か
　ハァ　いつでもからりっこ機の音
　どんどと織り出せ国の富

二十一、ハァ猫の旅路は雨傘わすれ
　行きつもどりつ宇和の島
　ハァ　いつでもからりっこ機の音
　どんどと織り出せ国の富

二十二、ハァ咲いたさくらの元地をひやし
　胡瓜天皇は　小富士取る
　ハァ　いつでもからりっこ機の音
　どんどと織り出せ国の富

二十三、ハァ梅は切りましょいたさをかんで
　さくら切らぬは　弥生花
　ハァ　いつでもからりっこ機の音
　どんどと織り出せ国の富

二十四、ハァ冬の雪道峠の春も
　やさしき母の胸の内
　ハァ　いつでもからりっこ機の音
　どんどと織り出せ国の富

二十五、ハァ行きも帰りも母なる神の
愛の両手に　つつまれて
ハァ　いつでもからりっこ機の音
どんどと織り出せ国の富

二十六、ハァしゃくの玉なら涙をすてて
のこる御玉は　石の塊
ハァ　いつでもからりっこ機の音
どんどと織り出せ国の富

二十七、ハァ石はぶつぶつ百魂あげて
ゴールで仏切ってゴードマン仏
ハァ　いつでもからりっこ機の音
どんどと織り出せ国の富

二十八、ハァ泣いて道行く闇路の旅は
やがて百そんおしゃかさま
ハァ　いつでもからりっこ機の音
どんどと織り出せ国の富

二十九、ハァ水はとうときぬれればおしゃか
おしゃかさまならぬれねずみ
ハァ　いつでもからりっこ機の音
どんどと織り出せ国の富

三十、ハァつらいうき世も花咲く春の
うれしなつかし金の玉
ハァ　いつでもからりっこ機の音
どんどと織り出せ国の富

三十一、ハァ月のさばくに行く人ばかよ
らくだもとめて水は無し
ハァ　いつでもからりっこ機の音
どんどと織り出せ国の富

三十二、ハァ火火阿天下は大きな魚
浦をかえしてたいの浦
ハァ　いつでもからりっこ機の音
どんどと織り出せ国の富

三十三、ハァ地蔵参りは行く地の綱か
石の地蔵も　ものを言う
ハァ　いつでもからりっこ機の音
どんどと織り出せ国の富

三十四、ハァかまの倉路でたすけたすすめ
今川あたりで　ささやいた
ハァ　いつでもからりっこ機の音
どんどと織り出せ国の富

三十五、ハァ山のからすに文かくされて
五代天皇は道くずす
ハァ　いつでもからりっこ機の音
どんどと織り出せ国の富

三十六、ハァ一つ山上お宮の屋根に
聖徳太子が登りおる
ハァ　いつでもからりっこ機の音
どんどと織り出せ国の富

三十七、ハァ山のおさるは清水の子猫
車にひかれて　一の宮
ハァ　いつでもからりっこ機の音
どんどと織り出せ国の富

三十八、ハァ道は明けるか闇路に行くか
人の心の魂がなす
ハァ　いつでもからりっこ機の音
どんどと織り出せ国の富

三十九、ハァ情知らずの都の人に
ふまれふまれてちる椿
ハァ　いつでもからりっこ機の音
どんどと織り出せ国の富

四十、ハァ大田市場の文ずの声を
聞えてこの世を守りましょ
ハァ　いつでもからりっこ機の音
どんどと織り出せ国の富

四十一、ハァ一つお屋根に　三代住めば
お家はんじょう国の富
ハァ　いつでもからりっこ機の音
どんどと織り出せ国の富

四十二、ハァ春日産土　つぼねに願い
家の光はつま三代
ハァ　いつでもからりっこ機の音
どんどと織り出せ国の富

四十三、ハァ泣いて別れて闇路をたどり
咲いた椿の　とわの夢
ハァ　いつでもからりっこ機の音
どんどと織り出せ国の富

四十四、ハァ君の真心　この世を守り
平成四年の春の風
ハァ　いつでもからりっこ機の音
どんどと織り出せ国の富

四十五、ハァ古きりんねで生まれた椿
お御所車に　のせる朝
ハァ　いつでもからりっこ機の音
どんどと織り出せ国の富

四十六、ハァやがて来る来る大森小森
人と自然の　愛の世が
ハァ　いつでもからりっこ機の音
どんどと織り出せ国の富

四十七、ハァ山手木一朗　観々世美よ
三六夜風の　橋作り
ハァ　いつでもからりっこ機の音
どんどと織り出せ国の富

四十八、ハァおいせさまから流れる水も
二人そろってきりが立つ
ハァ　いつでもからりっこ機の音
どんどと織り出せ国の富

四十九、ハァ山のからすもお金の花も
二人連れなら　身を立てる
ハァ　いつでもからりっこ機の音
どんどと織り出せ国の富

五十、ハァ男やもめと　女のごけは
目かくし毛玉の同の山
ハァ　いつでもからりっこ機の音
どんどと織り出せ国の富

五十一、ハァ京の大本きずいた道も
はなが高くて買手なし
ハァ　いつでもからりっこ機の音
どんどと織り出せ国の富

五十二、ハァ江戸の野末を市場にかけて
立つは柳のからす堂
ハァ　いつでもからりっこ機の音
どんどと織り出せ国の富

五十三、ハァでんしょ鳩さえ帰って来たに
人の真心　いつの日か
ハァ　いつでもからりっこ機の音
どんどと織り出せ国の富

五十四、ハァ山のからすにあずけた文は
大谷小谷の　川の俣
ハァ　いつでもからりっこ機の音
どんどと織り出せ国の富

五十五、ハァ杉のこずえで泣く山鳥は
江戸の使いか　水戸の梅
ハァ　いつでもかららりっこ機の音
どんどと織り出せ国の富

五十六、ハァ昭和天皇は広世の子供
女神山から　生まれ出た
ハァ　いつでもかららりっこ機の音
どんどと織り出せ国の富

五十七、ハァやぶのもんずは谷中に行きて
四万六千　法洗い
ハァ　いつでもかららりっこ機の音
どんどと織り出せ国の富

五十八、ハァ山のからすは広世を越えて
お国を守るでんしょ鳩
ハァ　いつでもかららりっこ機の音
どんどと織り出せ国の富

五十九、ハァ水の流れは　とどめを知らず
弘法さまは　池づくり
ハァ　いつでもかららりっこ機の音
どんどと織り出せ国の富

六十、ハァ心ゆたかな人住む土地に
金の小石の花が咲く
ハァ　いつでもかららりっこ機の音
どんどと織り出せ国の富

六十一、ハァ火ふくお山を　守るは人よ
愛と情けの輪が守る
ハァ　いつでもからりっこ機の音
どんどと織り出せ国の富

六十二、ハァ人の流れはお竹の花よ
百年たったら火がもゆる
ハァ　いつでもからりっこ機の音
どんどと織り出せ国の富

六十三、ハァ母の心は子供が見せる
あわせかがみは月と日よ
ハァ　いつでもからりっこ機の音
どんどと織り出せ国の富

六十四、ハァ空をとぶのはお山の鳥よ
鳥の行く道人が行く
ハァ　いつでもからりっこ機の音
どんどと織り出せ国の富

六十五、ハァ義理と人情はこの世の友よ
人の情は　母の愛
ハァ　いつでもからりっこ機の音
どんどと織り出せ国の富

六十六、ハァ春のやよいも　三月四月
人の花道ちるさくら
ハァ　いつでもからりっこ機の音
どんどと織り出せ国の富

六十七、ハァたいよたいたいたいこうさまは
花をおられてしのび泣き
ハァ　いつでもからりっこ機の音
どんどと織り出せ国の富

六十八、ハァ人の流れもお山の水も
夜空の月の　うす情け
ハァ　いつでもからりっこ機の音
どんどと織り出せ国の富

六十九、ハァまわる水車も四かくじゃ行けぬ
丸い日の輪が世を守る
ハァ　いつでもからりっこ機の音
どんどと織り出せ国の富

七十、ハァふけよふけふけ枯風夜風
たねまく山の　からすよぶ
ハァ　いつでもからりっこ機の音
どんどと織り出せ国の富

七十一、ハァ母のおじひとおまどの風は
まわる水車の水の力
ハァ　いつでもからりっこ機の音
どんどと織り出せ国の富

七十二、ハァ二人仲よく暮らせる家庭
仏のちえの　輪がまわる
ハァ　いつでもからりっこ機の音
どんどと織り出せ国の富

七十三、ハァ神も仏も仲よしこよし
道引く白詰　恋の花
ハァ　いつでもからりっこ機の音
どんどと織り出せ国の富

七十四、ハァ山も野原も旅行く川の
清き流れを祈ります
ハァ　いつでもからりっこ機の音
どんどと織り出せ国の富

七十五、ハァ赤いみ魂を世界にまいて
もどるさくらは地蔵さま
ハァ　いつでもからりっこ機の音
どんどと織り出せ国の富

七十六、ハァ赤い椿が荒波越えて
守るお竹の花の先
ハァ　いつでもからりっこ機の音
どんどと織り出せ国の富

七十七、ハァ西のはげたか砂漠におちて
片目おとして葉のめふく
ハァ　いつでもからりっこ機の音
どんどと織り出せ国の富

七十八、ハァ月と太陽はお土の親よ
まわる地球のかじを取る
ハァ　いつでもからりっこ機の音
どんどと織り出せ国の富

七十九、ハァくるよくる来るこの世の花は
　かいこの口の糸くりよ
　ハァ　いつでもからりっこ機の音
　どんどと織り出せ国の富

八十、ハァくるよくるくるこの世の春は
　くるくる寿司のねたがなく
　ハァ　いつでもからりっこ機の音
　どんどと織り出せ国の富

八十一、ハァ風のふきよで東へ西へ
　香るお山の白いゆり
　ハァ　いつでもからりっこ機の音
　どんどと織り出せ国の富

八十二、ハァふくもふかぬも男の木摩摩
　一夜のひとねに泣く椿
　ハァ　いつでもからりっこ機の音
　どんどと織り出せ国の富

八十三、ハァ空に輝く母なる神の
　愛の真心　水の中
　ハァ　いつでもからりっこ機の音
　どんどと織り出せ国の富

八十四、ハァ花の東京もコンクリづめの
　情しらずの人の道
　ハァ　いつでもからりっこ機の音
　どんどと織り出せ国の富

八十五、ハァ泣くは女か男のけんは
古き教えを　はいにする
ハァ　いつでもからりっこ機の音
どんどと織り出せ国の富

八十六、ハァ日光街道に杉植え願う
春の菊地の綱の先
ハァ　いつでもからりっこ機の音
どんどと織り出せ国の富

八十七、ハァだれが植えたか　けやきの並木
旅の目じるし　有りがとう
ハァ　いつでもからりっこ機の音
どんどと織り出せ国の富

八十八、ハァ一つめでたき調布の地蔵
待つは太鼓の音ばかり
ハァ　いつでもからりっこ機の音
どんどと織り出せ国の富

八十九、ハァ咲いた咲いたよご霊の花が
広い世界の田の中に
ハァ　いつでもからりっこ機の音
どんどと織り出せ国の富

九十、ハァ夢路夢路に教えを受けて
だれの願いか　たずね行く
ハァ　いつでもからりっこ機の音
どんどと織り出せ国の富

九十一、ハァ薬師如来のみ玉を受けて
　歩む旅路に雪が降る
ハァ　いつでもからりっこ機の音
どんどと織り出せ国の富

九十二、ハァ伊達の小綱木宮田の風は
　おこじきさまもままによぶ
ハァ　いつでもからりっこ機の音
どんどと織り出せ国の富

九十三、ハァこよいはたせと三千の親は
　朝の頭を　かきむしる
ハァ　いつでもからりっこ機の音
どんどと織り出せ国の富

九十四、ハァだれが書いたか川俣おんど
　十二でおわるは　やくしさま
ハァ　いつでもからりっこ機の音
どんどと織り出せ国の富

九十五、ハァ一つ山から流れる水は
　清き世界の輪を作る
ハァ　いつでもからりっこ機の音
どんどと織り出せ国の富

九十六、ハァ岡の草木よ　昔の人よ
　祈り歩いて涙雨
ハァ　いつでもからりっこ機の音
どんどと織り出せ国の富

九十七、ハァゆんべ見た夢錦の蛇が
　長い尾をして海を見る
　ハァ　いつでもからりっこ機の音
　どんどと織り出せ国の富

九十八、ハァ桑を植えましょお山の畑に
　金の糸出す虫が来る
　ハァ　いつでもからりっこ機の音
　どんどと織り出せ国の富

九十九、ハァ伊達のとのさま首切り受けて
　お七かなしや七里塚
　ハァ　いつでもからりっこ機の音
　どんどと織り出せ国の富

百、ハァ行きも帰りも君ゆえかなし
　お月さまさえ涙雨
　ハァ　いつでもからりっこ機の音
　どんどと織り出せ国の富

百一、ハァおうて別れたそめやのおそめ
　泣いて柳にすがりおり
　ハァ　いつでもからりっこ機の音
　どんどと織り出せ国の富

百二、ハァ恋しなつかし妙見さまよ
　うこんざくらの涙雨
　ハァ　いつでもからりっこ機の音
　どんどと織り出せ国の富

百三、ハァ花かちょうちょか待谷　谷中
石屋の高橋　二十丸
ハァ　いつでもからりっこ機の音
どんどと織り出せ国の富

百四、ハァ見まい聞くまい語るもつらく
さるの旅路はどうけ道
ハァ　いつでもからりっこ機の音
どんどと織り出せ国の富

百五、ハァ影か柳か観太はきえて
細き女の一人旅
ハァ　いつでもからりっこ機の音
どんどと織り出せ国の富

百六、ハァ一の谷から流れる水は
広い世界の清め水
ハァ　いつでもからりっこ機の音
どんどと織り出せ国の富

百七、ハァ江戸の花道銀杏《いちょう》にかけて
きえゆく普賢の火は昇る
ハァ　いつでもからりっこ機の音
どんどと織り出せ国の富

百八、ハァ恋しお方に逢える日待ちて
行くよ大田のバスの中
ハァ　いつでもからりっこ機の音
どんどと織り出せ国の富

百九、ハァうれしなつかし故郷の草木
まわる水車の音がする
ハァ　いつでもからりっこ機の音
どんどと織り出せ国の富

百十、ハァちえの草笛ピーシャラドントン
朝の夢路も世が明ける
ハァ　いつでもからりっこ機の音
どんどと織り出せ国の富

百十一、ハァ泣くは白ゆりいかるは竜人
母の情もしらじらと
ハァ　いつでもからりっこ機の音
どんどと織り出せ国の富

百十二、ハァいかる朝風闇路をたどり
おどるこの世の花車
ハァ　いつでもからりっこ機の音
どんどと織り出せ国の富

百十三、ハァ草の学びや法じゅのみ玉
畜生よばりの石の玉
ハァ　いつでもからりっこ機の音
どんどと織り出せ国の富

百十四、ハァ夜の旅路は情の夜風
受ける栗の実いがのとげ
ハァ　いつでもからりっこ機の音
どんどと織り出せ国の富

百十五、ハァ山にかくしたからすの栗は
いがの忍者のやみの凪
ハァ　いつでもからりっこ機の音
どんどと織り出せ国の富

百十六、ハァ髪も切りますこの世のために
涙　涙の　旅の果て
ハァ　いつでもからりっこ機の音
どんどと織り出せ国の富

百十七、ハァやがて枯れゆく神田のすすき
とねのお山をそよく風
ハァ　いつでもからりっこ機の音
どんどと織り出せ国の富

百十八、ハァ神田川原の七坂すすき
夫《つま》をいとって　朝を立て
ハァ　いつでもからりっこ機の音
どんどと織り出せ国の富

百十九、ハァここにやさしき不動の夫と
歩む夜道に　涙雨
ハァ　いつでもからりっこ機の音
どんどと織り出せ国の富

百二十、ハァ法はとうとし三島のいさは
朝の四時より法のきふ
ハァ　いつでもからりっこ機の音
どんどと織り出せ国の富

百二十一、ハァくらいやみじでたねまくイキの
おどけ笑いは　山のさる
ハァ　いつでもからりっこ機の音
どんどと織り出せ国の富

百二十二、ハァマスはとうとし広瀬の宝
一生　この世の　台となる
ハァ　いつでもからりっこ機の音
どんどと織り出せ国の富

百二十三、ハァゆりの花つむやさしき朝は
人の情のやみに泣く
ハァ　いつでもからりっこ機の音
どんどと織り出せ国の富

百二十四、ハァ朝の涙を広吉じいさん
死して夢路の友となる
ハァ　いつでもからりっこ機の音
どんどと織り出せ国の富

百二十五、ハァねこと御前のたいこの音は
神田川原の　お手の玉
ハァ　いつでもからりっこ機の音
どんどと織り出せ国の富

百二十六、ハァおどるうわじま深山の色を
つけておどける　しかおどり
ハァ　いつでもからりっこ機の音
どんどと織り出せ国の富

百二十七、ハァ伊達にさずけた竹笛ピョロリ
人権馬券のやみの颪
ハァ　いつでもからりっこ機の音
どんどと織り出せ国の富

百二十八、ハァさがすみ玉は草の根わけて
利休の笛の音をきく
ハァ　いつでもからりっこ機の音
どんどと織り出せ国の富

百二十九、ハァすすきもどるよお山のすそに
やがて我が家の屋根に来る
ハァ　いつでもからりっこ機の音
どんどと織り出せ国の富

百三十、ハァ色をそめるはそめやのおこん
貴方のみ魂が世を守る
ハァ　いつでもからりっこ機の音
どんどと織り出せ国の富

百三十一、ハァ朝のさけびはお山の水よ
清き流れをなぜよごす
ハァ　いつでもからりっこ機の音
どんどと織り出せ国の富

百三十二、ハァしゃくの玉なら涙をすてて
のこるみ魂は意志の玉
ハァ　いつでもからりっこ機の音
どんどと織り出せ国の富

百三十三、ハァつとめはたした白詰の花
一のお山に登りて咲くよ
ハァ　いつでもからりっこ機の音
どんどと織り出せ国の富

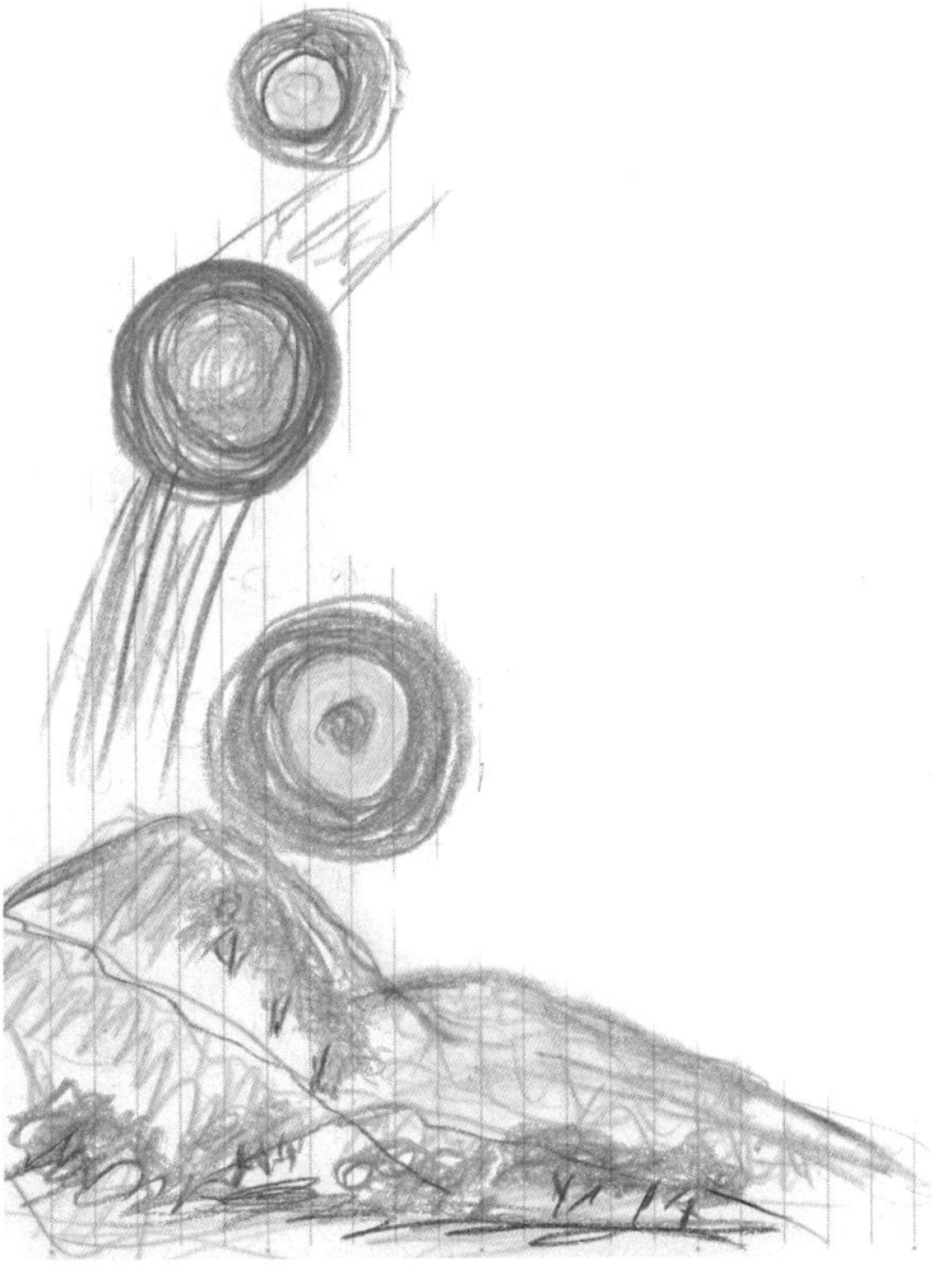

戦国の母

（木村朝子　作詞・作曲　平成四年四月十日）

一、さくら花咲く　日木の山よ
あァあァ戦国の母の顔
あの顔もこの顔も
戦に　明け暮れる
父や兄や　わが夫の
たけくるう　男の姿
涙に暮れし
あァあァ戦国の母の姿

二、いつの日か来る　平和な世に
あァあァなせぬまま　山で待つ
あの草も木も花も
今日の日　待ちわびて
子や孫や　国のために
山に立つ　日本の母よ
さくらに掛けし
あァあァ戦国の　母の姿

三、母の願いは　成せぬままに
あァあァ昭和の火の中
さくら花　広い世に
まきてつむ　赤いばらの花
父や兄やわが夫の
帰りくる　日本の士よ
朝日に掛けし
あァあァ戦国の母の願い

四、母の願い　たんぽぽにのせ
あァあァ　昭和天皇の
胸に咲く　山のさくら
さくら花　さばくまで行け
父や兄やわが夫の
ねむる地にとんで行けよ
たんぽぽにのせて
あァあァ戦国の母の願い

女神の旅路

（木村朝子　作詞・作曲　平成四年四月十二日）

一、誰が立てたか百軒長屋
花も百種か　百年すぎて
東小富士の　涙雨

二、来るよくるくる百軒長屋
文の好人小筆が走る
お手をふるふる春の雨

三、一葉ちるちる伊勢屋の門に
七つ七草七つの村は
どこにあるやら涙雨

四、機の織り娘に想いをよせて
一人さみしく文書く一葉
いなりたばねて　京の文

五、夢路かなしや筆ふる別れ
旅の闇路は金ゆえ悲し
お手の想いをはたせぬ涙

六、悲しい心を代々木の原に
天戸はりはり玉虫小玉
父の帰りを待つ日暮れ雨

七、朝日悲しや夢見るおとめ
千里万里の旅のはて
よべどさけべどまだつけぬ

八、いそげいそげよ磯辺のあわび
伊達のお手郷女神の山は
女男かがみじゃ登れない

九、恋しなつかしわが君いずこ
義理と人情が糸引きはなす
恋の細道君ゆえかなし

十、行きつもどりつ石屋のおかみ
お手を切るのはなにゆえでしょ
赤い糸路に風ふくばかり

十一、足を運ぶは　水かけ地蔵
なんのうらみでこうつらいのか
天の柱は　なみだでみがく

十二、水をかけかけ泣くみみに
さくら花ちる深山でよぶは
もずかからすか鴬の声

シャンシャン

（木村朝子　作詞・作曲　平成四年四月十二日）

一、ハイ金の世人は見るもの見えぬ
ハイ　シャン　シャン　シャン
木の葉集めて　金とする
ハイ　シャン　シャン　シャラ　リン
シャン　シャラ　リン　リン

二、ハイ伊達の正宗　仏に生まれ
ハイ　シャン　シャン　シャン
金の柱に　じゃまされた
ハイ　シャン　シャン　シャラ　リン
シャン　シャラ　リン　リン

三、ハイ東御前の涙の末に
ハイ　シャン　シャン　シャン

三日月さまが手をそえた
ハイ　シャン　シャン　シャラ　リン
シャン　シャラ　リン　リン

四、ハイ国の灰路《はいじ》は利休が胸に
ハイ　シャン　シャン　シャン
竹の小笛を伊達にやる
ハイ　シャン　シャン　シャラ　リン
シャン　シャラ　リン　リン

五、ハイ武田信玄　元水わけて
ハイ　シャン　シャン　シャン
笠森山から　水流す
ハイ　シャン　シャン　シャラ　リン

シャン　シャラ　リン　リン

六、ハイ流れ流れて　八木《ばちぎ》の奥に
ハイ　シャン　シャン　シャン
八水かくしてとくとくと
ハイ　シャン　シャン　シャラ　リン
シャン　シャラ　リン　リン

七、ハイ酒によいどれとっくりたおし
ハイ　シャン　シャン　シャン
源平戦で富士の川
ハイ　シャン　シャン　シャラ　リン
シャン　シャラ　リン　リン

八、伊達の大清ゆらゆら昇り
ハイ　シャン　シャン　シャン

親鸞さまの　胸に咲く
ハイ　シャン　シャン　シャラ　リン
シャン　シャラ　リン　リン

九、ハイゆらりゆらゆら糸路は流れ
ハイ　シャン　シャン　シャン
広瀬川からあぶく川
ハイ　シャン　シャン　シャラ　リン
シャン　シャラ　リン　リン

十、ハイ東守れと天海さまは
ハイ　シャン　シャン　シャン
不二の病いで知らせおる
ハイ　シャン　シャン　シャラ　リン
シャン　シャラ　リン　リン

十一、ハイ不二の病いに糸路をたどり
　ハイ　シャン　シャン　シャン
　古里恋しや　百合の花
　ハイ　シャン　シャン　シャン　シャラ　リン
　シャン　シャラ　リン　リン

十二、ハイ純情かれんなおとめの胸に
　ハイ　シャン　シャン　シャン
　とぶ虫すべてがとまりおる
　ハイ　シャン　シャン　シャラ　リン
　シャン　シャラ　リン　リン

十三、ハイ私しゃ川俣羽音育ち
　ハイ　シャン　シャン　シャン
　空とぶ鳥はいなり山
　ハイ　シャン　シャン　シャラ　リン
　シャン　シャラ　リン　リン

十四、ハイ朝の早よから朝草刈りの
　ハイ　シャン　シャン　シャン
　すずめのきておしゃかさま
　ハイ　シャン　シャン　シャラ　リン
　シャン　シャラ　リン　リン

十五、ハイ夢路夢路に広吉ぢっち
　ハイ　シャン　シャン　シャン
　政府の観の　口なおせ
　ハイ　シャン　シャン　シャラ　リン
　シャン　シャラ　リン　リン

しゃりほつをつくる日本の田島かな

青い地球

（木村朝子　作詞・作曲　平成四年四月十四日）

一、空にかがやくみ空の母も
山にかくれて泣く母も
広い世界の守り神
あァあァ日の本の母なる神は
青い地球の　守り神

二、行けよ参れよ　山の母
千里万里の荒波こえて
山で泣きおる　女神山
あァあァ日の本の母なる神は
青い地球の　守り神

三、すさむ心で　よごした地球
いかる日本の　山の母
母の心が晴れるまで
あァあァ参ろうよ母なる神を
青い地球の　守り神

※み空の母とは太陽のこと

ニシキヘビの夢

尾が流通センターまで伸びている

おり姫

（木村朝子　作詞・作曲　平成四年四月十五日）

一、広い世界に歌声高く
もずやうぐいす歌えども
なぜにきこえぬ　古里の
恋し悲しや　あのお方
あァあァ思いかなわぬ
機の音

二、響ききこえる塩路のはてに
音もかなしやお手姫さまの
涙の声は　絹の音
山の小ばとに　すがりおる
あァあァ想いかなわぬ
機の音

三、木更津渡る　船の中
波もチャプチャプよりて来る
こよいあいたいあの人は
細き絹路の糸の先
あァあァ想いかなわぬ
機の音

四、いにしえ人の声悲し
絹の糸路は細ぼそと
山の木草も芽をふくに
肩につめたく　しぐれ雨
あァあァ　想い悲しき
機の音

五、山の母ごの思いを歌う
歌はおり姫おとなし川の
流れとどめの玉子のあすか
清きおとめの夢の路に
あァあァ　想い悲しき
機の音

無情

（木村朝子　作詞・作曲　平成四年四月十六日）

一、今日か明日かと待つ君の
一つぶ種の　光も見えず
君と別れて　いく山こえて
空に輝く星を見る
あァあァ無情の風ばかり

二、もゆる心は　いつまでも
遠い　山波　よぶ声は
君の涙か雨ふるばかり
空を見あげて泣く小鳥
あァあァ無情の風ばかり

ござれ

（木村朝子・作詞・作曲　平成四年四月二十日）

一、ござれ　ござれよ
想い出がらす
石の地蔵さんの　待つ寺に
あの日　この日の垢すてて
不二の病いを　なおしにござれ
「山の泉でさるが待つ
ござれよ　小ざるは山をさる
目ざる竹ざる　語りざる」

二、ござれ　ござれよ
肩の荷すてて
君のお顔が晴れるまで
あの日　この日の重荷をすてて
石の地蔵さんに　水かけござれ
「山の泉でさるが待つ
ござれよ　小ざるは山をさる
目ざる竹ざる　語りざる」

りんね　（木村朝子　作詞・作曲　平成四年四月二十一日）

一、ぼたん雪降る　あの道は
関場のよめの　来る小道
ゆらり　ゆら　ゆら
ゆられて来るは
とうい昔に　そった人

二、菜種油の　花咲けば
春一番の　風がくる
ふんわり　ふわふわ
ふんわり　来るは
とうい昔の　白い雲

おらいの山畑

（木村朝子　作詞・作曲　平成四年四月二十八日）

一、ハァー春の田中によう
れんげ花咲けばない
秋の田中はよう　黄金の花だない
ああやろめろやったやった
田中に　たねまけ
まかなきゃ　咲けない　金の花

二、ハァーおらが山にはよう
たらのめだらけない
春の山路はよう　めっこふく　山だない
ああやろめろふけふけ
こっちゃ来て　目こふけ
ふかなっきゃ　光らぬ　面の玉

三、ハァーおらとおめとでよう
まるめた　胸こない
山のもだこによう　からめちゃ　ならぬ
ああやろめろなんだなんだ
なでなきゃ　光らぬ
なでて　光るは　玉のこし

四、ハァー山の鳩こがよう
ほろほろ泣くはない
山の畑によう　竹咲く時だない
ああやろめろまけまけ
畑にもろこし
まかなっきゃ　はいない　東の玉

コックリ

（木村朝子　作詞・作曲　平成四年五月四日）

一、コックリコックリ　スースー
まだねちゃだめよ　草枯るる
書いて唄って　唄って書いて
お手の想いを　つたえてね

二、コックリコックリ　スースー
早くねかせて　頭がいたい
書くも歌うも　好きだけど
お手の使いは　つらいわね

三、コックリコックリ　スースー
まだまだつかぬ　この思い
書くも唄うも　国のため
大黒さまは　まだこぬか

昭和の子

（木村朝子　作詞・作曲　平成四年五月五日）

一、いつも通る　仲よし小道
じゃんけんぽんで　道それて
畦の小道に　かくれてつんだ
つんつんつ花　つんで食べた
学校帰りに　道草食った
おさななじみも　五十三
あの道　この道　どこの道
いがぐり　おかっぱ
昭和の子

二、ふろしきしょって　なかよし小道
一二三で　ねころんで
ころげころげて　黒んぼつんだ
竹の秋路を　取って食べた
学校帰りに　道草食った
おさななじみも　五十三
いがぐり　おかっぱ
昭和の子

※「ふろしきしょって」ランドセルがないのでしまのふろしきに本をくるみ三角に背に背負った
※「黒んぼ」竹の花のあとチョコの粉のようなものがつく。うすあまく口のまわりを真黒にして食べた。
※「つばな」畳を作る草ちがやの花の若芽。うすあまい。

金土日　（木村朝子　作詞・作曲　平成四年五月十六日）

一、日月火水木金土
土曜日男は　大地のような男
広い心で　私をつつんでくれる
さァさおどろう　貴男とおどれば
心も身体も　とろりとろり
日月火水木金土
早く土曜日　こないかな

二、月火水木金土日
日曜日の男は火のよにあつい男
もえるひとみで　私をとかしてしまう
さァさおどろう　貴男とおどれば
心も身体も　とろりとろり
月火水木金土日
早く日曜日　こないかな

三、土日月火水木金
金曜日の男はちっちゃな小さな男
有りがとうと言う字の書けない男
さァさおどろう　貴男とおどれば
心も身体も　涙でいっぱい
土日月火水木金
早く大きなバケツを持って来て

平成四年五月二十五・二十六日

古き事　知る心の目　みひらいて　光のそのへ昇れ　神の子

日の雨に降られて昇る　天の川　帰りてわたる　にじの竹橋

風ふくや　ふりゆき昇る　花の道　さんさんさんと　光輝く

天の橋　昇る三十路の　春の風　さくらちるちる　大田の森に

いく度とぬられかえらん　家のへき　たえてつとめん三代の母

きびしさはのちの世守る母の風　愛の真心　知る　子らの業

花の兄咲きてにほへば　春の来し　母が身に咲く　大和のさくら

朝顔の笑顔ほのかに　みのる実の　三十路の旅路　からすゆくゆく

神の手のみそばに育ち　光水　のみて学びの　花の中行く

女とて男にまさる　はたの音　かざす神の手　水清くして

洋薬の葉摩の五十地に導かれ　早や手火刺の　天と地の橋

つまとして　よりそう君のつまなれば　夫がみ親のかべとなるべし

すずが成る　泉の元に生出まして　心すさぶは　おろかなりけり

我が夫《つま》のお魂くもるも輝くも　夫がみ母の　心一つぞ

子の業は母のみ魂の色ぞかし　富士の高嶺の　雪となれまし

帰り来る吾子の笑顔も春の風　心さやけし　さくら花咲く

大神となりてはならぬ花の道　天の日風に　ふかれてゆかれ

君が胸　曇ればかなしふく風も　嵐となりて　吾子を守らん

胸をはれいつしまやさし母のもと　皆も仲よく　木花いとしめ

青空をあほげばいつも母の顔　一人さみしく　泣きて暮れるな

無情の風

（木村朝子　作詞・作曲　平成四年五月二十六日）

一、さくら花さえ　吹く風に
まかせて　チラリチラチラリ
あァあァ無情の風は吹く

二、ひばり泣く泣くあの町で
この世の花はチラチラリ
あァあァ無情の風は吹く

三、君がみ胸に　すがり咲く
夢もはかなくチラチラリ
あァあァ無情の風は吹く

四、待つはひまわり夏の朝
秋吹く風にチラチラリ
あァあァ無情の風は吹く

五、この世の花の泣き笑い
君にまかせてチラチラリ
あァあァ無情の風は吹く

道

平成四年五月二十六日、八月七・九・十八日、九月十五日

荒れた世をしのびてさけぶ杉の根の　水清けしや世には知らねど

くもの糸受けてうれしき八七《はな》の日や　おりひめさまの御心の愛

八七《はな》の道二二《ふうふ》四七《しな》の路かえる道　あまたの人とかたるうれしさ

幸せをもとめるほどの秋の風

笹切るや峠の雪と地蔵さま

甘えびや　さくらのえんのにぎやかし

一葉ちるしぐれ知らせる市場かな

我が子にも下座せにゃならぬお大仏　いちょうもみじに色そむからは

われ行かん勇みて行くもあわれなり　風の真声もきこえぬままに

人の道楽をもとめて楽はなし　苦難の道ぞ朝日かがやく

花ふみて楽しみ歌う桃の園　枯葉ふみふみ冬の道行く

日本の心

（木村朝子　作詞・作曲　平成四年五月二十九日）

一、どんな世の中　こようとも
兄より先の　妹はなし
たねより前の花はなし
あァああ規律守ろう　人の子よ
縦と横とに　目を開らけ
あァあァ日本の心　よみがえる
あァあァ日本の心　よみがえる

二、花を植えましょ　この世の花
花はやさしき　母の胸
あァあァ規律守ろう　人の母
縦と横とに　目をひらけ
あァあァ日本の心　よみがえる
あァあァ日本の心　よみがえる

日本の春

（木村朝子　作詞・作曲　平成四年五月二十九日）

一、あァあァ　帰り来る
日本の春
父を立てよう　柱立て
柱がくもれば　やかたなし
あァあァみがこうよ　日本のはた
天の柱だ　日の気の柱

二、あァあァ　きょうだいの
輪を立てよ
兄を立てよう　若柱
花の兄さん　におわせて
あァあァ咲かそうよ　わが家の花を
花は日本の　うの目の春だ

女の花道

（木村朝子　作詞・作曲　平成四年六月十五日）

一、水に写して
　この身を見れば
　長い旅路の影淋し
　あァあァいつの日か
　君と手を取り歩む日の
　愛の夢路は
　わが子の姿
　　わが子の花道

二、母の想いを
　この身にそめて
　不動の道のきびしさよ
　あァあァ　いつの日か
　朝日輝くあけぼのに
　愛の真心

三、泣いて暮れるも
　人生一度
　女なれども勝ちを取れ
　あァあァ木枯らしを
　受けてうれしと想う朝
　春の真風が
　吹き来る花道

四、母はとうとし
　この花の道
　赤く咲く花青い花
　あァあァ青春は

君がためにと織る機の
ひびきこえる
春らんの花

五、花はとうとしこの花の夢
あなたのために織る機の
あァあァ　音がする
からりからりっこ広瀬川
東小富士をうさきが走る

「西山に三回雪が降ると
おらいの方にも雪が降って来る
雪虫がとんで来たがら
そろそろだべない
春が来て西山の雪が
うさぎがはねでるように見っ時は
ほうさぐなんだぞえ」

日の川の水

（木村朝子　作詞・作曲　平成四年六月十五日）

一、帰り来る　日本の光
輝くは　人々の真心
みがこう　吾心
一の葉に集う　草魚
一ぷくの　茶を　あたえ
流そう　日の川の水

二、銀杏《いちょう》の葉　金色にそめ
輝くは　市場の風
手を洗おう　市の水
一の葉に集う　草魚
一ぷくの　茶を　あたえ
流そう　日の川の水

靖国の声

（木村朝子　作詞・作曲　平成四年六月二十八日）

一、平成は　さくら咲く
産土の花の成りたち
あァあァ　昭和の火の中で
苦しみし　年月の
あの人も　この人も
帰る　玉の花

二、この町に咲く花も
昭和の血潮の成り立ち
あァあァ　山やや町の花となり
皆に語る　霊の玉
あの人も　この人も
咲いてほほえむ

三、並木道　あるけば
呼んで居る　父や兄
あァあァ捨てないでこのごみを
みなのために咲く花は
あの人や　この人よ
泣いて　つたえる

四、やさしく　香るは
あの山の　白百合の花
あァあァ人の世のむなしさを
胸をいため　泣いて居る
あの人も　この人も
碧い目を　ひらいて

天昇

（木村朝子　作詞・作曲　平成四年七月二十八日）

一、さんさ降るふる　椿の花に
君の行く末へ
安じて暮れる
天の岩戸を　おしひらき
雲とほこれよ
お手姫さま

二、さんさ降るふる　赤い日の糸
姫をのせるか
赤い日の玉
千里万里の　あら波越えて
行くよ天の川
お手姫さま

三、さんさ降るふる　お手かざされて
行くよ日の国
赤い糸の道
雲の谷間で　待つ君のもと
天昇なさるか
お手姫さま

四、赤い椿に　想いを掛けて
夜の波間を
歩みし霊の玉
あおぐ天国　真白き雲と
なりて手をふる
お手姫さま

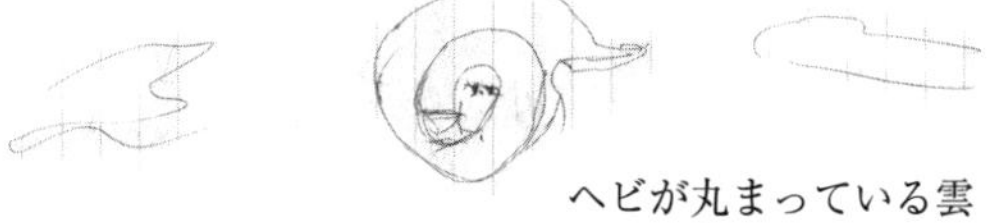

ヘビが丸まっている雲

山は愛なり

（木村朝子　作詞・作曲　平成四年八月八日）

一、山で育ち　山にあこがれ
山を愛して　山に愛されて
あァあァ　山は青春の
湧きくる泉

二、あなたの胸　大地のように
広くあつく　私をとかす
あァあァ　山の泉のような
あなたの愛

三、別れて行く　広い野原
大きな海へとたどりてみれば
あァあァ　山と川のような
あなたと　私

四、あなたのため空に昇り
山へと下りあなたの胸に
あァあァ雲はやさしき
愛の泉

五、あなたの愛　受けてうれしき
八月六日　五津の輪有りがとう
あァあァ　笹に降る降る
黄金の泉

六、お手の想いはたしたほこり
八月七日　おりひめさまの
あァあァ　くもの糸ふる
千手の　てばた

七、この世の花　一つの道
歩む金糸　おりなす心
あァあァ雲にそびえる
富士にのぼろう

八、私は行くすばらしい道
あなたのために織る機の音
あァあァ　天の川らで
手を取りましょう

九、あなたと歩む　苦労の道
喜び行くは　白詰の花
あァあァ　香りやさしき
花の真心

十、宮地《きゅうち》に立てば聞えて来る
大地のさけび　観百の玉
あァあァ　人の真心
おりなす平和

十一、山の母親のつとめをはたす
昭和のさくら花
あァあァ　この大地の
喜びききよがし

十二、大地のために戦い暮れた
さくらの花を魔神の風は
あァあァ　つみとあがめて
絹糸そめる

十三、聞けよ歌声　大地の喜び
ほこれ山の母　広瀬よ杉野
あァあァほこれさくらよ
靖国の母

十四、夕日輝く　平和の森の先
赤と青とのみ玉が浮ぶ
あァあァ　赤い夕日は
金のおびをなす

十五、空に輝く　水み玉
五津のみ玉にいだかれて
あァあァ赤い夕日は
日本のおびをとく

十六、来るよ来るよ来る桜の花々
八月八日十四《とよ》の春が来た
あァあァ　つとめはたした
日本のさくら

十七、聞けよ歌声　古月の声
東小富士の　やさしさを
あァあァ　まつれこの地に
お江戸の　さくら

十八、行きつもどりつ夢路を歩む
朝日かなしや十八の時
あァあァ　天下和楽の
時のかねがなる

十九、きえて行くゆく日の本の夢
西のみ空に　輝く竜女
あァあァ　夕日かなしや
天女の舞

二十、人と生まれて織る機の音
一の山には　春らんの花
あァあァ青春は
君がためによし

二十一、朝日輝くおく万光の
光とどめの十八のかね
あァあァ　しずむ夕日よ
月見草

二十二、うさぎくるくる岡の田に
白詰草の香りもほのか
あァあァ　この草原も
山有りて輝く

千年杉の旅

（木村朝子　作詞・作曲　平成四年八月十七日）

一、山のカラスが銀座に来るは
お杉を東さん　しかるから
お杉哀れと　柳に告げて
カアカ　からすは　五味浅利

二、山のカラスは塩路《しおじ》をたどり
古里恋しや　花一文目
お杉哀れと　よりそうきぼし
阿法がらすは　山の杉

三、北の風さん　過ぎたる知恵よ
お杉かくして　気津音《きつね》よぶ
気津音　千里の旅がらす
お杉恋しや　千年すぎた

小関裕而

（木村朝子　作詞・作曲　平成四年九月十九日）

一、押田しだの中竹取りの
明日の明りを　君にたくす
今日からは　君の手となり　口となろう
あァあァ愛しの君よ
わが心
この世で一人ただ一人

二、夜の荒波塩の道
誰の願いか一人の旅路
今日からは　あなたと手を取り　二人して
あァあァ愛しきあなた
あの世の
高根の川の小関裕而

朝顔地蔵

（木村朝子　作詞・作曲　平成四年十月三日）

一、おはようおはようおはようさん
お地蔵さまに　水かけて
あなたのお顔洗いましょ
朝日照るてる朝顔地蔵さん

二、おはようおはようおはようさん
今日も元気でにこにこと
あなたの岩戸　ひらきましょ
朝日昇るよ　朝顔地蔵さん

三、おはようおはようおはようさん
今日の出船に　水かけて
ごぶじで一日　はげみましょ
朝日昇るよ　朝顔地蔵さん

四、おはようおはようおはようさん
お地蔵さまに　感謝して
大きなお魚つりましょう
朝日　照るてる朝顔地蔵さん

五、おはようおはようおはようさん
昨日よごした　赤い魂
今日は白地のはたの中
朝日昇るよ朝顔地蔵さん

六、おはようおはようおはようさん
お地蔵さまに　水かけて
この世のあかを流しましょ
朝日照るてる朝顔地蔵さん

波動

（木村朝子　作詞・作曲　平成四年十月九日　七時四十分）

一、来るよ来るくる
波の間に
遠いあの日の
涙雨
そえぬ身ゆえの
かなしみは
すてて行きゃれよ
この胸に

二、受けて立ちます
あなたの思い
遠い山波
よんでます
塩の坂道
のぼりませ
山の木草の
花となれ

三、あの日この日の
女の　いぢは
天の雲間に
すてましょう
恋しい人は
あの雪の
下にうもれて
待ちわびぬ

高根川の鳩

（木村朝子　作詞・作曲　平成四年十月十一日）

一、高根川 我れは北の子
菩薩の子
八幡さまの
わけ身の子です
鳩になります　白鳩土鳩

二、とんで行く　広い世界に
清き水
のせてとびます
平和のために
高根の川の碧い魂のせ

三、赤い日の魂のせて　とぶ
青い空
舞うは白鳩
夕日をそめて
三国のためにつるぎをのせて

四、高根川　とび立つわれら
誰がために
青い地球の
機を織りおり
三葉祖のせて空をとびます

平成四年十月十五日

太陽の心にかなう業をつめ　日はかがみなり日本の心

百年の松の声だのうつくしさ　輝く天と亀とつる

この身丈小さな宇宙よく見れば　国も町もが一つの宇宙

高根川我れは北の子菩薩の子　八まんさまは教えの主よ

水子花

（木村朝子　作詞・作曲　平成四年十月十七日）

一、花を植えましょ　この世の花を
花は貴方の　お母さまです
美れいな　君か水
ささけましょう

二、空に輝く　光の母は
あつい思いで　見て居ます
紅い夕日の　愛
母の真心

三、空に輝く　水御霊
明日のあかりを　夕日にかけて
この広い　大地の
ために泣く

母子草

（木村朝子　作詞・作曲　平成四年十月二十日）

一、空にふんわり
白い雲行く
青いお空にうかぶはあの子
きれいな母の顔
見て居るかしら

二、いつか帰って
母の胸へと
真白き雪にすがたをかえて
山の松となりて
あなたを待つわ

鳩

（木村朝子　作詞・作曲　平成四年十月二十一日）

一、富士のお山に茶の香り
祈る言玉　水清く
帰る一葉の　並木道
心さやかに　歌う道

二、あやめのご門に　古すずめ
坂を下れば　二羽の鳩
土鳩　山鳩　光る道
松の林で歌う　うた

三、長い旅路の　やたがらす
泣いて　塩ふく　海のおや
一葉ちります　金びょうぶ
二人手を取る　つると亀

四、浜名さみしや　秋の風
明日くる友を　待ちわびて
水戸たたいて　梅の宮
帰るお梅を　待つ浜名

五、共に行きましょ　光のそのへ
明日の明りをともす君
やさしくのべるこのうでに
すなおにすがる春の道

母（太陽）の便り

（木村朝子　作詞・作曲　平成四年十月二十三日）

一、母は見てます
　　あなたのそばで
　　むすうの真目《まなこ》
　　送ります
　　あなたの心
　　曇らぬように

二、母はいつでも
　　やさしく照るわ
　　かわいいわが子が
　　枯れぬよに
　　願いかけます
　　にん者の雲に

三、心曇れは
　　母さんは一人
　　ぬれて暮れるは
　　あなたのために
　　一つ心で
　　かわらず暮らせ

竹笛は帰る

（木村朝子　作詞・作曲　平成四年十月二十五日）

一、雨はふる降る　群馬は晴れる
愛の待つ乳山　うれし泣き
とうい古里　しのぶ山
水は流れる　谷川の水

二、赤き川原の　もみじ花
雪にうもれる　山いとう
遠いあの日の　清き水
谷川岳から　流れ行く

三、母の想いを　この身にそめて
清き水上　たずねる旅路
利根のすすきの涙をのせて
ぎりと人情の　からみ糸

四、利根の川上　ねむる君
待つはお糸のはせ来る明日
三国峠で　ふりかえる
駒の背中に　雪は降る

五、雲は流れる　あの道を
風にふかれて　東へ西へ
恋しいあなたの　胸の中
しのぶ想いの　春の雪

六、雨はふる降るすみだ川
遠いあの日の思いは悲し
愛しながらも　そえない二人
君がためにと　咲くさくら

七、恋しなつかし妙見様よ
うこんざくらもほのぼのと
遠い山波　よんでます
君がためにと　はたをおる

八、風になびくは　五色のまふら
秋の山山　色添えて
夕日輝く　川俣の
機のひびきが　春をよぶ

九、川原に帰る　歌人たちの
悲しき竹の笛の音は
山をさり行く　せせらぎの
別れの涙　のせて行く

貴方堪えて

（木村朝子　作詞・作曲　平成四年十月二十八日）

一、貴方いじわるしないでね
大きな心でついて来て
私は皆んなの太陽だから
貴方一人の物じゃない
だから私の前には立ててぬ
だから私もつらいのよ
堪えて下さいねぇあなた
堪えて下さいねぇあなた

二、明日は輝くこの私
大きな貴方がささえてくれる
だから私は輝くの
貴方は私の太陽だから
だから私の前には立てぬ
だから私もつらいのよ

三、貴方愛して下さいね
大きなあなたの胸の中
私の心はやすらぐの
空に輝く太陽も
ほんとは甘えて暮したい
だから私も貴方の中に
溶けて行きたいねぇ貴方

四、聞えて下さいお月さま
夫はやさしい人だから
淋しい女が慕って来るの
だから私も好きなのよ

やさしい心のこの人を
お月さまならわかるでしょ
おはしを下さいお月さま

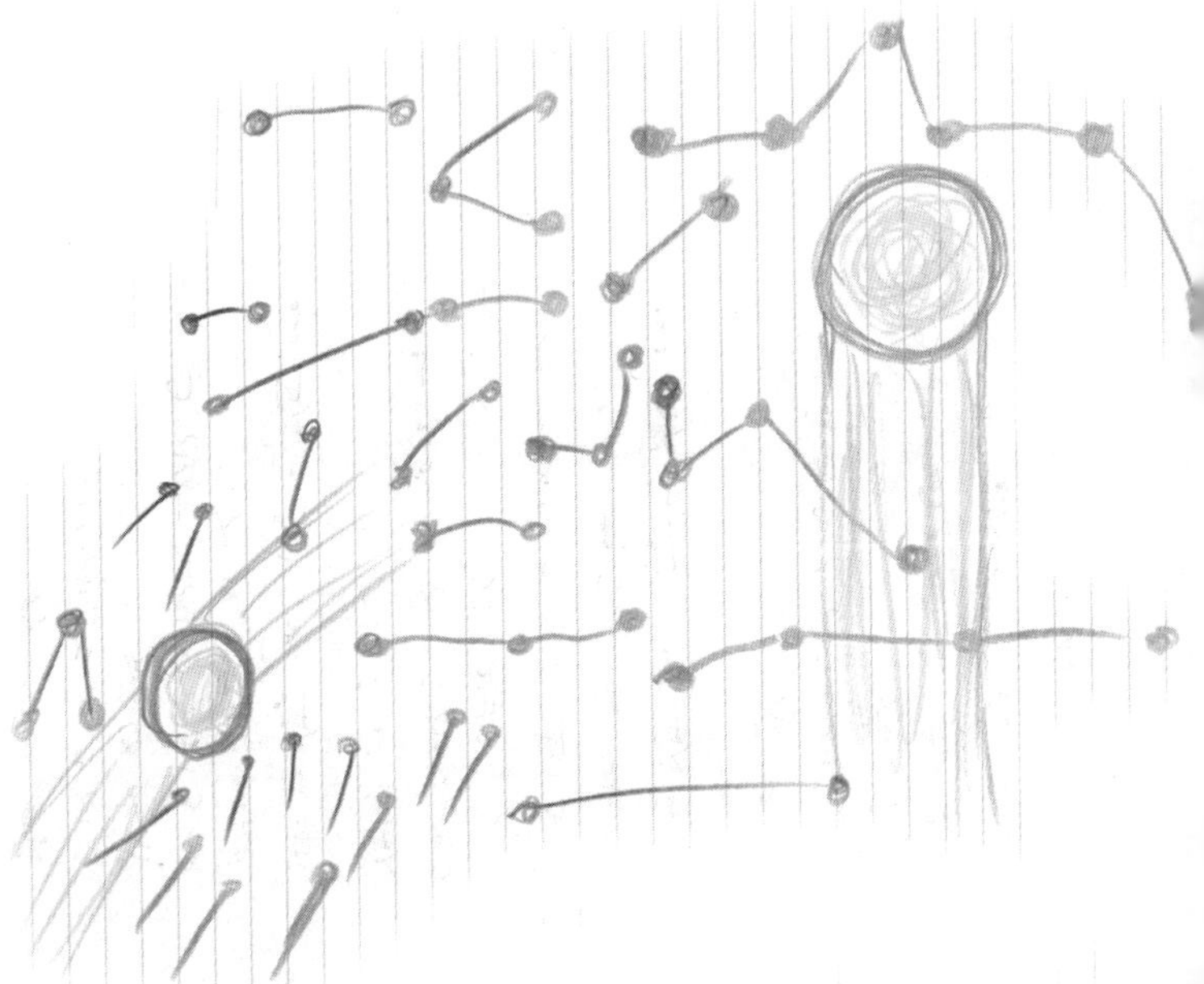

朝顔

（木村朝子　作詞・作曲　平成四年十月二十九日）

一、愛する人に逢うたびに
咲いたその日が別れの日
なぜに淋しい　私の旅は
やみの夜道を　歩くのでしょか
朝顔の花のような私です

二、かきねにからみ　咲く私
はかない恋の　かなしさよ
秋の夜風に　さかれてしまう
朝日をあおぎつつ別れて行くわ
朝顔の花のようにちる私

三、夕日かなしや　赤い川
花は　はかなくちるものよ
なぜに　もとめて泣き泣きちるの
花はやさしくたえしのぶ人
朝顔の花のようにほほえんで

女のほのお

（木村朝子　作詞・作曲　平成四年十一月二日）

一、秋の夕日に　照る山波は
君がみ胸の　ほのおのように
あつく　もえるよ
恋する　女のほのお

二、紅いほのおに　もえたつ夢は
君がみ胸の　愛のほのおよ
あつく　もやせよ
恋する　女のほのお

三、山のえぶきに　恋せよおとめ
春の山波　朝日にもえる
あつく　もやせよ
恋する　女のほのお

四、秋の山々　ほのおにそめて
春の山路に　咲け恋の花
あつく　もやせよ
恋する　女のほのお

風もまた花の実結ぶリボンなり
涙は大地を守り　笑いは雲を切る
風はほどよく吹くがよし

つくし野の少女

（木村朝子　作詞・作曲　平成四年十一月五日）

一、あの町に
降り来る雪は
この大地
守らんための
赤い雪
赤い御魂を
いだいて昇る
貴方の真心
つくし野の花

二、つくし野の
学びの友よ
草のその
花を植えましょ
白い花
香りほのかな
クローバの花
小女の香り
つくし野の風

おやくみ

（木村朝子　作詞・作曲　平成四年十一月三日）

一、サッサカ　サッサカ　ねぎを切る
おやくみ　おやくみ　おやくみさん
今日は味噌汁　明日は奴
君はどちらのおやくみさん
長い尾美足　ふりふり歩く
明日はどなたのやくに立つ
サッサ　サカ　サカ　塩の道
明日はみおやのねぎらいに

二、サッサカ　サッサカ　坂のぼる
おやくめ　おやくめ　おやくめさん
今日は東へ　明日は西へ
君はどちらのおやくめさん
長いお人手をぶらぶらさけて
明日はどなたのお手の中
サッサ　サカサカ　秋の山
明日はあなたの胸の中

平成四年十二月二十二―二十四日

泣きぬれて別れ行くかな臘梅《ろうばい》の　すみなれた家雪につつみつ

夫恋し水の流れと人の路は　切るに切られぬ山川木草

枯風にふかれて咲きぬ臘梅の　波田波田の塩の坂道

日の光天の橋かけ待つものを　行けぬこの身に月よりの使者

夫や子と別れ行く日のかなしさを　日に日にたずねる光の母に

花咲くにこの家に居た苦労花　この身すてしも有りがたきかな

十五年長らいそめしこの命　魂にのるのも有りがたきかな

深雪谷待つはかの君胸もやし　降りくる雪を赤くそめつつ

今日もまた天のみ声にさそわれて　一人泣く身に空は曇りつ

水み魂涙流してよぶ声に　胸のすず成るむせび泣きつつ

天の橋見えぬ夫にはなにごとぞ　色によいしるつまかと思う

うき心語りてせまる夫の背は　かたくとざして石仏のごと

もえくるう女ざかりを十五年　石仏の夫まどをしめつつ

たえぬいて今日は額いにちつをおき　十五の心うたう色道

白魂の天にそびえる高根路の　五代林の草笛がなる

光　光と照る日にむかい唄い上ぐ　現代七面　わが身なりけり

くるくると糸くる里の深雪谷　人にちり面親人の面

意の坂をのぼる花塚しかばねの　千里の旅の行き帰りかな

伊達の路川の俣上弁才は　天地の柱　日の本におく

白魂の天にそびえる高根にも　昇れはのぼる道は有りけり

草ちょうちんさげて行きませ深雪谷　塩の坂道待つ君がもと

春またずいそぐ水仙胸もやし　花の兄待つ鴬の声

朝に夕に君よぶ声の音がして　やきくる胸の思いぞむなし

郵便はがき

料金受取人払

大崎局承認

4836

差出有効期間
平成19年6月
12日まで
(切手不要)

1 4 1-8 7 9

1 1

東京都品川区上大崎2－13－3
ニューフジビル2階

今日の話題社 行

■読者の皆さまへ
ご購入ありがとうございます。誠にお手数ですが裏面の
欄にご記入の上、ご投函ください。
今後の企画の参考とさせていただきます。

お名前		男 女
ご住所 〒		
ご職業	学校名・会社名	

今日の話題社・愛読者カード

購入図書名

購入書店名

書を何でお知りになりましたか。
店頭で（店名　　　　　　　　　）
新聞・雑誌等の広告を見て
　　　（　　　　　　　　　　）
書評・紹介記事を見て
　　　（　　　　　　　　　　）
友人・知人の推薦
小社出版目録を見て
その他（　　　　　　　　　　）

について
　（大変良い　良い　普通　悪い）
ン（大変良い　良い　普通　悪い）
　（高い　普通　安い）

についてのご感想（お買い求めの動機）

小社より出版をご希望のジャンル・著者・企画がございましたら
せ下さい。

したい原稿をお持ちの方は、弊社出版企画部までご連絡下さい。

やくる身のしずまる水の泉田に　一人来て泣く鶯の声

松の枝にかかる白雪輝やきて　昇る朝日につるの歌舞

花の兄あほぎて泣きぬ鶯の　声きくほどの谷の初春

松風にふかれて泣きぬ鶯の　声きくほどの谷の初春

鶯の声にさそれわれ生ずるまご

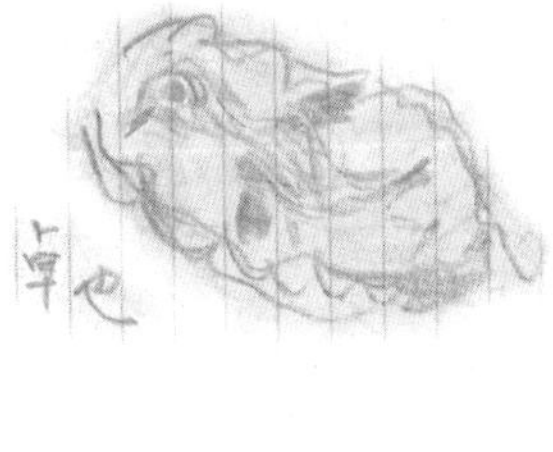

臘梅の花

（木村朝子　作詞・作曲　平成五年一月七日）

一、愛しながらも　つれないそぶり
山の泉のあの岩のよに
もゆる心を　泉にかくし
それじゃまたねと手をふるあなた
山にかくれる　夕日のように
下部の駅を　たつ私

二、あふれる涙　かくして笑う
赤い夕日に　胸そめながら
ホームに立って　手をふれば
あなたのまぶたもきらりと光る
み空の母も　涙にしずむ
下部の駅を　たつ私

三、赤いみ魂に　いだかれながら
私とあなたは臘梅の花
いく千年の荒波越えて
めぐりあわせの　水糸の恋
みのぶの山の　法の花
七つの山の　花のその

四、あの日この日のおも荷をすてて
二人手を取る　麦の秋
赤い椿の　花さえうれし
麦の実りに　さよずるひばり
大和の夢は　紅椿
昇る朝日の　愛の魂

五、紅い椿に　想いをかけて
行くよ白魂　富士の雪
長い旅路の　やたがらす
明日の明りをつぎゆく花の
かなしき旅路の　赤い糸
赤い夕日の　涙雨

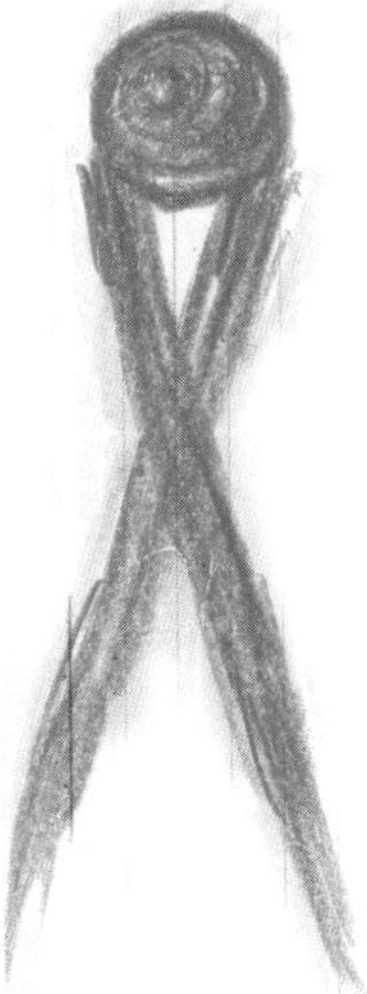

あなただけ　（木村朝子　作詞・作曲　平成五年一月八日）

一、さっき別れた　あの人の
コール来るかと　待つ私
朝も夜も　いつもいつも
いつも　あなたのことばかり

二、空に輝く、お星さま
明日も　来てねとつたえてね
朝も夜も　いつもいつも
いつもあなたの　ことばかり

三、ねてもおきてもあなただけ
夢の中でもあなただけ
朝も夜も　いつもいつも
いつもあなたのことばかり

光に愛されて

（木村朝子　作詞・作曲　平成五年一月十日）

一、愛されて　愛されて
光のあなたに　愛されて
今日もまたあなたと二人
心ほがらかに　今日もはげむわ
あなたのために　あなたのために
今日も　はげむわ

二、ゆるされて　ゆるされて
光のあなたに　ゆるされて
今日もまたあなたと二人
色々な光　今日も見るわ
あなたのために　あなたのために
今日もはげむわ

三、喜こんでよろこんで
光のあなたに　つかわれて
今日もまたあなたのご用
色々なつとめ　今日もはげむわ
皆んなのために　皆んなのために
今日も　はげむわ

四、心さわぐ　心さわぐ
あなたの願い　かなわない
今日もまた　胸がいたむ
色々な光のパワーになやむ
大地のために　大地のために
今日もなやむわ

おくの細道

（木村朝子　作詞・作曲　平成五年一月十五日）

一、泣いて別れりゃ　雨が降る
ふんわりだかれりゃ　雪が降る
赤いみ魂も　白くなる
空にゃふんわり　白い雲
風はそよそよ　春の風
里に雪くりゃ　里に雪くりゃ
ポチが泣く　泣いて仁輪かけ
奥の細道

二、泣いて　暮れるも人の道
ふんわり　ころぶも人の道
赤いほのおも　白けむり
空にかがやく星さえも
あなたの春を　待ちわびぬ
里に雪くりゃ　里に雪くりゃ
おこたるる　たるの中には
みきがある

平成五年一月十五・十六日

平成に二十の夢もきえゆきて　泣きぬれて立つ草笛の音

泣きぬれて勇む我が身のむなしさよ　十五夜の月五津をあほぎて

松の枝によりそう杉の夢かなし　降り来る雪はとうくに有りし

おく年のみちのくの道きびしくも　我が命の泉たゆることなき

妙見堂よばれて行くも十五日　道のおわりも十五年なり

豊川のすみゆく水も観世音　世に言魂のひびききくらん

荒波を越えて春の路ちかくして　真白き雪の花そむなしき

わが君をふりかえ見ゆる月のかげ　心の花ぞ風にちりゆく

流れゆく五津のみ魂のかげふみて　光輝く臘梅の花

日の本の奥万光の胸そめて　いかる女の北の地ひびく（北海道地震）

石狩の流れる水のかげかなし　十九の女胸にさすはり

命がけ三十年路越ゆる山坂は　菊地にしみる赤き川波

君のうつ太鼓の音のはげしさよ　ひびく音羽の我が胸をつく

すさまじくもゆるほのおのはげしさよ　音羽の波の受けてはかえす

宝来の岩うつ水のすさまじき　君と私は白紅の竜

君が代のとうときはたのなりわいを　世にしらしめす時の臘梅
千年の天よりおつる雨の糸　たいぬく女の胸のくり糸
うす衣かけて歩みし戦国の　赤い椿はうしわかが母
朝に夕に富士のたかねの雪どけを　安じて暮れるわが胸の音
今日もまた君にかけにし一すじの　糸もむなしき色の谷中
いにしえの赤い夕日を白地にそめて　立てるこっきの君が代わすれ
女とて男にまさるはたの音　ひびく太鼓はわが胸の音
十六のちかえし心むなしくも　君がためにとおる機もなし

わが涙誰れそしるかや雨の音　二十の夢も雨にぬれつつ

君が代の男も小さくなりにけり　母が真心なき世なりせば

日の本の夢もむなしくなりにけり　とうとき愛をわすれし今日

織姫　（木村朝子　作詞・作曲　平成五年一月十七日）

一、あァあァ　女神山から　見る町は
広い世界の　行き帰の厠
鬼と唄われ　いく千代の風
母を守らん　お手姫の
涙おりなす　羽音の町

二、あァあァ　白い花咲く川俣の
機の　ひびきがおりなす平和
鳩内千年　思いをかけて
大地守らん　雪の花
関の三葉草　ささらの糸地

三、あァあァ鬼と唄われ　いり豆の
雨を背に受け　岩代の中
青い地球を　汚がせし人の
心にくんで　花のその
安達が原の　塚にねむらん

四、あァあァ清きおとめの夢の路は
涙かくして　おりなす心
つるの羽音か　お手の胸音
大地守らん　涙雨
山の母ごの　心おりなす

五、あァあァ青い大地を　愛すれば
空の母ごも　願いをかける
赤い椿に　お手かけながら
富士を守らん　白い雲
天の母ごの　心みたさん

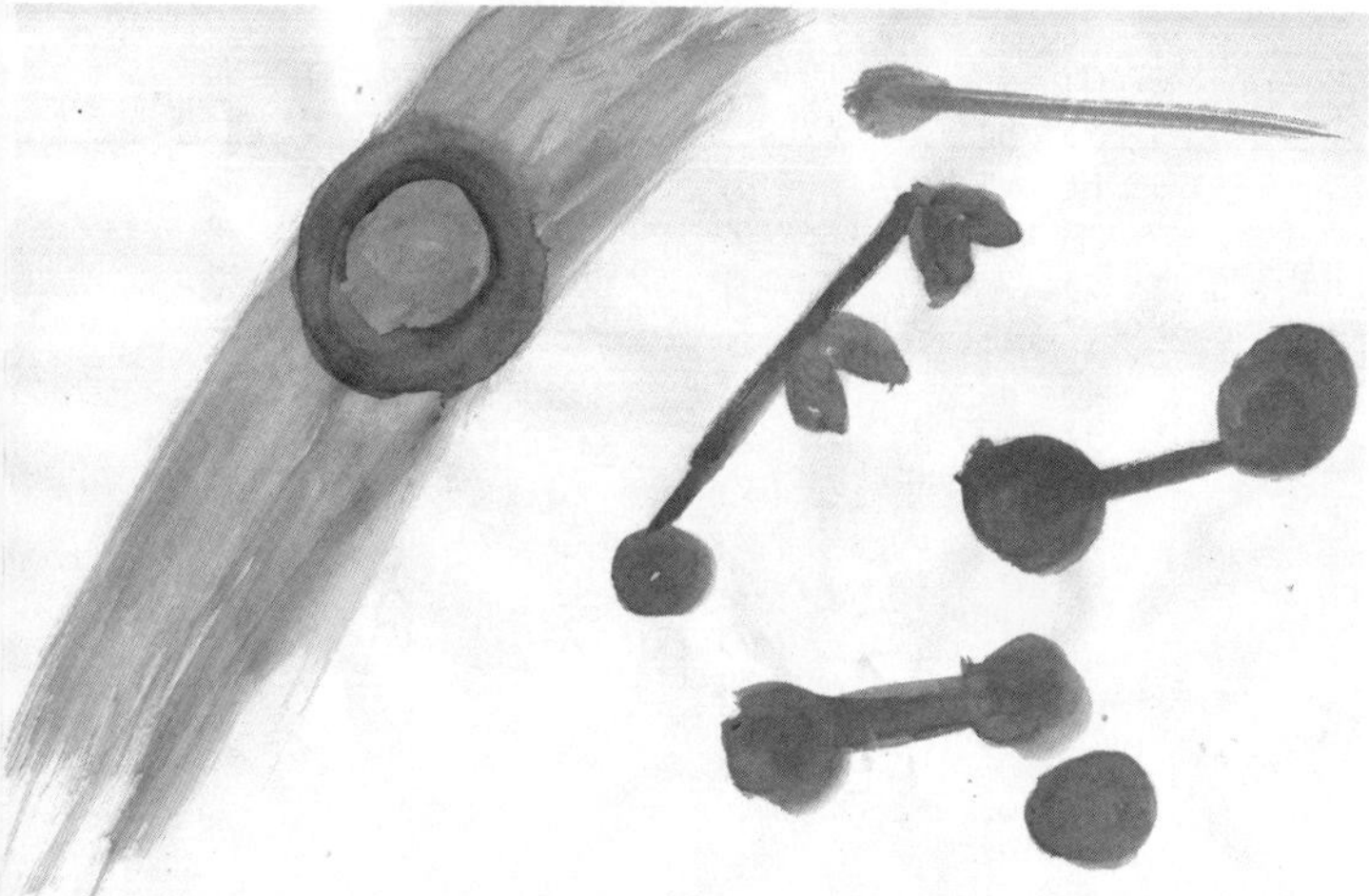

愛

（木村朝子　作詞・作曲　平成五年一月十九日）

一、愛するって　すばらしい事よ
貴方のために働ける
人になれるわ
愛するひとのために
暗い夜道もへいちゃら
枯風なんて　春の風
あァあァ　愛するって
すばらしいことね
真赤な真赤な愛のみ魂
あの空の　太陽のように
やさしい人に　なりましょうねぇ

二、愛するって　すばらしい事よ
心うきうき　今日もまた
笑顔で暮らす
君のためにと祈る
草木のためにと祈る
光もとめる　人のため
あァあァ　愛せるって
すばらしい事ね
真赤な真赤な愛のみ魂
あの光る　母の真心を
うつせる心　もちましょう

三、愛されるって　うれしい事よ
青鬼さんも赤鬼さんも
皆んな　好きです
愛される人のために
命おしまず励むわ
秋風さん　有りがとう
あァあァ　愛されるって
うれしいことよ
青い青いあの海にも
さんさんと　光は輝く
つよい　つよい人になりましょう

四、愛しあうって　すばらしい事よ
どんな道でも　歩いて行ける
真心の道
天を照す　橋をつくる
舎利を食べたり川を渡る
あァあァ　日本て
すばらしい国よ
青い碧い　あの竹の橋
天のはしかける幸せ
愛の真心　平和の泉

胸の波動

（木村朝子　作詞・作曲　平成五年一月二十一日）

一、貴方の送る
胸の波動が
ひびいて来るの
遠くはなれて居ようとも
いつもどこでも
貴方がよべば
きこえて来るの
ジンジンと
貴方の送る
胸の波動が
あァあァ　ひと思いにふける
私はいつも
貴方と二人

雨降り

（木村朝子　作詞・作曲　平成五年一月二十五日）

一、雨降り貴方はどこの空
今日も泣いてる貴方の顔が
み空を見れば　わかるのよ
がまんしないで　すなおになって
ほしいものなら　ゆうきを出して
愛のつるぎを　取りましょう

二、雨降り貴方は金色の
五色の沼に　かくされて
池上恋しと四四《しし》の塚
吾妻小富の雪うさぎ
赤い目玉がほしいとすがる
岩手で日の玉手にしてね

三、雨降り貴方は雨の宮
今日も明日も泣くばかり
男だったら　勇気を出して
雨が降ったら　お流れよ
赤いおふくろ　手にしておいで
まりや椿がよんでます

富士の尾山の救世者

（木村朝子　作詞・作曲　平成五年一月二十六日）

一、あの道も　この道も　みんな　そよそよ
もうすぐ春の　風が吹く
あァあァ　われらは持ち草
世守りの　富士の尾山の救世者

二、一人来て　一人来て　あなた　いそいそ
いそのあわびか　波にぬれ
あァあァ　われらは持ち草
世守りの　富士の尾山の救世者

三、二人来て　二人来て　君と　らんらん
春の山山さくら咲く
あァあァ　われらは持ち草
世守りの　富士の尾山の救世者

四、三十年来て　三十年来て
一人歩めば　十五夜の月　輝くわ
あァあァ　われらは持ち草
世守りの　富士の尾山の救世者

春の道

（木村朝子　作詞・作曲　平成五年一月二十七日）

一、酔ってぐだまきゃ　心は晴れる
泣いてかくれりゃ　気は晴れぬ
女心は秋の空
泣いて笑って笑って泣いて
ふんわりふんわふんわ
うき心

二、酔ってぐたまっきゃ　後までのこる
涙かくして　たえる身の
男心は山の岩
どんとぶちまきゃ嵐がおこる
がっちりかちかち
山の岩

三、空にゃ白雲　ふんわりりん
光るおまえを見る雲の
黒と白との　別れ道
泣いて笑って　笑って泣いて
ふんわりふんわふんわ
春の道

四、行きつもどりつ雲と雲
白と黒との二身雲
あわせかがみで歩む身に
天の母ごも　京かがみ
ふんわりふんわふんわ
春の道

五、二人仲よく歩もうよ
のんで歌って　たのしい小道
畦の小道も花ざかり
泣いて笑って　笑って泣いて
ふんわりふんわふんわふんわ
春の道

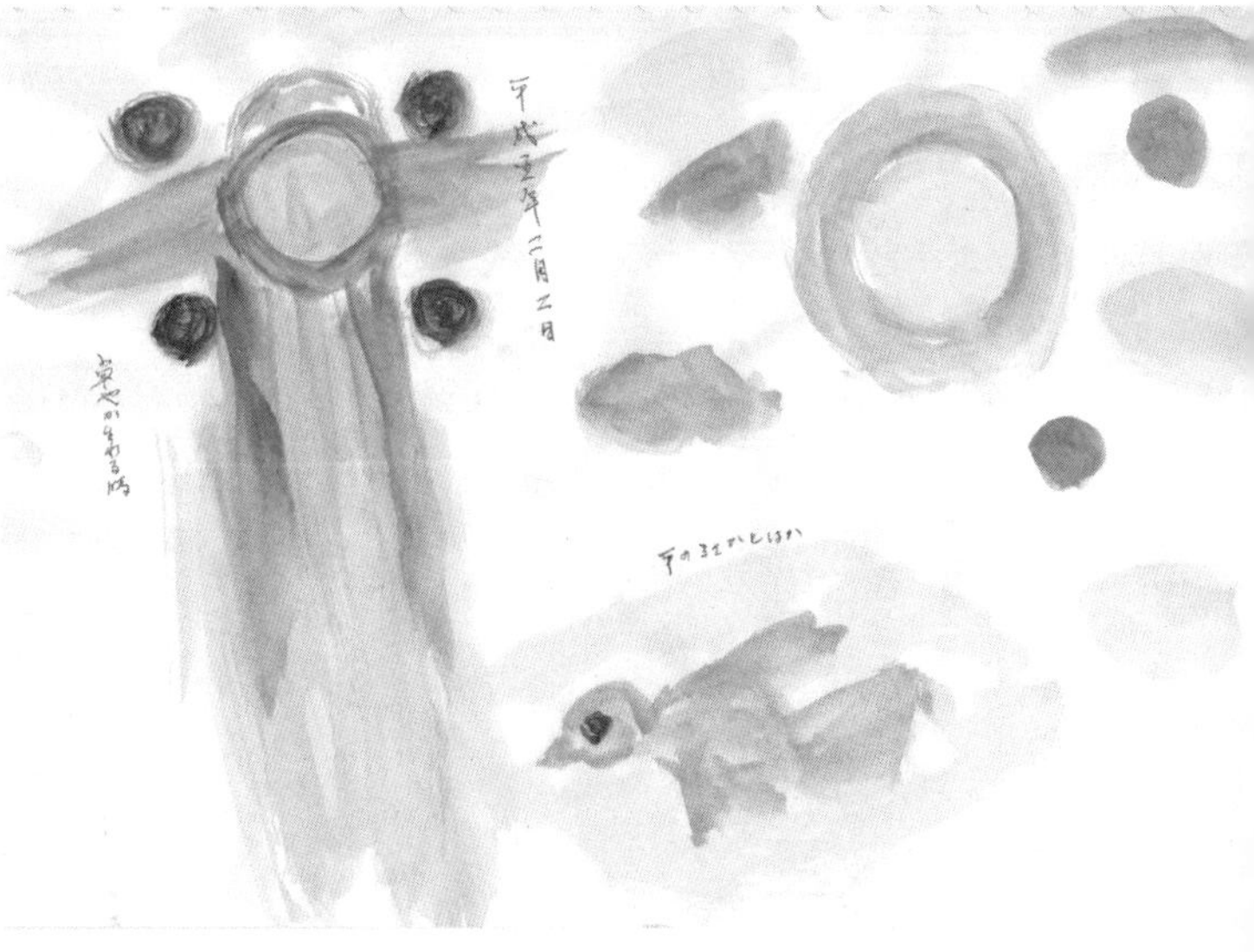

友よ幸あれ

（木村朝子　作詞・作曲　平成五年一月二十九日）

一、あんたって　ばかね
ほの字　かくして　つよがり言って
ほんとは　林の中の人
たった一度の人生よ
さくらの木かげが
おにあいよ

二、あんたって　ばかね
誰も　通らぬ　山道ばかり
ほんとは　草原好きな人
たった一度の人生よ
れんげの　お花が
おにあいよ

三、あんたって　ばかね
明りもとめて　海原に来て
ほんとはうれしい人のそば
たった一度の人生よ
お船をこぐのも
おにあいよ

四、あんたって　ばかね
だいじな　お宝　谷中に　すてて
ほんとは　お花の好きな人
たった一度の人生よ
紅い椿が
おにあいよ

水野先生

（木村朝子　作詞・作曲　平成五年一月三十日）

一、あなたは水屋のお月さま
いつもやさしく　笑ってる
我れらは昭和の三葉草
すさぶ心をチョイトかくし
ほのかなお色で　水あそび
いつも見て居るお月さま
にっこり笑ってすまし顔
じれったいでしょお月さま
山の小ざるは　いじっぱり
目ざる竹ざる　語りざる

二、あなたは水屋のお月さま
いつもやさしく笑ってる
我れらは　三羽のやたがらす
おどけ笑顔でチョイトおどる
ほのかなお色で　水およぎ
いつも見て居るお月さま
にっこり笑ってすまし顔
こっけいでしょうお月さま
山の小ざるは　いじっぱり
目ざる竹ざる　語りざる

羽音　（木村朝子　作詞・作曲　平成五年二月一日）

一、どなたが　なんと　言おうとも
私にゃあなたは　好きな人
嵐が吹こうと　あられが降ろと
大きなあなたの背中がいいの
ついて行きます
あなたのうしろ

二、すんだ　おまえの　その目がいとし
ついて　おいでよ　このおれに
二人で　おろうよ　羽音を
この世の花の　うす衣
五津と　三津との
愛の羽音

卓也ちゃん

（木村朝子　作詞・作曲　平成五年二月四日）

一、ピンポン　ピンポンポン
お空にいっぱい　ピンポンポン
青赤きいろ　ピンポンポン
初めまして　卓也ちゃん
かわいいお手手をパットひろげ
青いお空に　ピンポンポン

二、ピンポンピンポンピンポンポン
お空の母さん　にっこりこ
青赤きいろ　ピンポンポン
初めまして　卓也ちゃん
あらあら母さんおはようさん
大きな声でピンポンポン

川俣七面

（木村朝子　作詞・作曲　平成五年二月四日）

一、ハァ　手なし地蔵は塩路の峠
笹の峠の　帰り水
君と別れた　雨の玉
よらんしょ　こらんしょ　あがらんしょ
川原からからあ　川俣へ

二、ハァ　足を取られて塩路の峠
両手おとして　石頭
泣流せぬ　石の魂
よらんしょ　こらんしょ　あがらんしょ
川原からからあ　川俣へ

三、ハァ　沢の八幡　天観持ちで
高根川原で　泡を吹く
神のねつ取る胡瓜汁
よらんしょ　こらんしょ　あがらんしょ
川原からからあ　川俣へ

四、ハァ　笹の長滝　若松さまに
かける花水　下のくぼ
松もなびくよ黄金原
よらんしょ　こらんしょ　あがらんしょ
川原からからあ　川俣へ

五、ハァ　おらが在所は　糸くりじょうず
千里万里の糸たぐる
糸の出口は　松の口
よらんしょ　こらんしょ　あがらんしょ

川原からから　川俣へ

六、ハァ　五代林の風吹く時は
清く香るよ　梅の花
あおい子取りの梅の口
よらんしょ　こらんしょ　あがらんしょ
川原からからあ　川俣へ

七、ハァ　若い地主は　胡瓜のえぼよ
小綱川から　金米流す
地蔵参りのお仲さん
よらんしょ　こらんしょ　あがらんしょ
川原からからあ　川俣へ

八、ハァ　若い胡瓜のえほ取り地蔵
塩でなでなで糠田に運ぶ
女神山から　草持帰る
よんしょ　こらんしょ　あがらんしょ
川原からからあ　川俣へ

九、ハァ　椿咲く咲く　草持観音
平浄めの源の水
お御所車にのる花椿
よらんしょ　こらんしょ　あがらんしょ
川原からからあ　川俣へ

十、ハァ　お色なおしは川原がよかろ
水に流して浄くなる
一の関場の　高根川
よらんしょ　こらんしょ　あがらんしょ
川原からからあ　川俣へ

十一、ハァ　浄い心でとついで行がんしょ
どんな色にも　そまらんしょ
三宝光神　一の関
よらんしょ　こらんしょ　あがらんしょ
川原からからあ　川俣へ

十二、ハァ　梅の口から　松の口
すいてすかれてすきやばし
法で手を取る　七面
よらんしょ　こらんしょ　あがらんしょ
川原からからあ　川俣へ

十三、ハァ　高根川から広瀬にかけて
つつむさくらの愛の手を
のべて君待つ　松の山
よらんしょ　こらんしょ　あがらんしょ
河原からからあ　川俣へ

十四、ハァ　糸の旅路は千年万古
細い糸でも水にはつよい
松の口から　梅の口
よらんしょ　こらんしょ　あがらんしょ
河原からからあ　川俣へ

十五、ハァ　おらが町では羽音　織って
広い世界にひびかせる
一のかわやのかわら町
よらんしょ　こらんしょ　あがらんしょ
河原からからあ　川俣へ

十六、ハァ　大和なでひこてっほう町で
泣かす鴬　春日さま

五代林の　梅の枝
よらんしょ　こらんしょ　あがらんしょ
河原からからあ　川俣へ

十七、ハァ　おらが川俣　八千八機
機の織り娘の心は浄い
どこで織りましょ　君がそば
よらんしょ　こらんしょ　あがらんしょ
河原からからあ　川俣へ

十八、ハァ　皆もおらんしょ　この世のはたを
ひびくきばたの心地よさ
織れは織るほど品がよい
よらんしょ　こらんしょ　あがらんしょ
川原からからあ　川俣へ

十九、ハァ　伊達の川俣　岩しょう山で
掛けた願いのさくら咲く
しのぶ思いの西の山
よらんしょ　こらんしょ　あがらんしょ
川原からからあ　川俣へ

送るつま

（木村朝子　作詞・作曲　平成五年二月五日）

一、送りますぞえ　妙見さまは
つぎの泉に　わたしてうれし
清く育てた　わがつまを
色にそまらぬ内に取れ
松が泉におよがせて
およくすがたを見るのもよかろ
万古の里の夢の花

二、草のちょうちん持たせたつまを
送り帰すな　つるぎの先で
清く育てた　わがつまを
沼にはなすは　つれなかろ
松が泉に　およがせて
おどるすがたを見るのもよかろ
開古の里の夢の花

すずが鳴る

（木村朝子　作詞・作曲　平成五年二月二十一日）

一、男が仕事にもえる時
とてもすばらしい
姿になるの
あの雪の富士のような
とても美くしい
姿になるの
そんな姿あなたも見せて
私の胸のすずがなるわ

二、女が恋に　酔う時
とても美くしい
笑顔になるの
あの山が　もえるような
とても美くしい
笑顔に成るの
そんな君の笑顔が見たい
おれの力　もりもり湧くぜ

三、あなたと私がもえる時
とてもすばらしい
大地に成るの
あの山の泉のような
とても美くしい
水が沸くわ
あなたと私の誠の愛
ジングルベルのすずが成るわ

私の便り

（木村朝子　作詞・作曲　平成五年二月二十三日）

一、私の便りまだかしら
今日もまた　雨が降る
十時になれば
晴れるでしょう
私の便りがつく頃よ
あなたの胸の曇りもきえて
涙の雨もやむでしょう

二、早く来てね　そして又
あなたからつたえてね
十時に晴れた
そのわけなど
私の便りがついたから
あなたの胸の曇りもきえて
涙の雨も　やんだことなど

三、輝く天の花のその
おどりましょう歌いましょ
とわに結ぼう
恋りぼん
あなたと私の糸の道
私の胸の曇りもきえて
涙の雨もやむでしょう

花のリボン

（木村朝子　作詞・作曲　平成五年二月二十五日）

一、くるり　くるり
風に舞いながら
花のリボンが　とんで行く
あの空の彼方に
くるりくるるくる舞いながら
さよならも　つげずに
とんで行くわ
朝ぎりを　わけて
あの空の　彼方へ

二、くるり　くるくる
風に舞いながら
花のリボンが泣いて居る
あの空の彼方で
くるり　くるくる
泣きながら　空に舞い
とんで行くわ
夕日をそめて
あの空の彼方へ

光の手

（木村朝子　作詞・作曲　平成五年二月二十八日）

一、あの光　この光
いつもどこでも
やさしくつつむ
なぜにあなたは遠い人
光る貴方を待つ私

二、雨は降る　雨は降る
いつも泣いている
私と貴男
なぜに逢いないあの人は
闇の谷間にかくれるの

三、目をあけて碧い目を
光る貴女の
その手をかざし
闇にかくれるその人を
光のそのへ手をひこう

四、二人して　二人して
いつもどこでも
二人で行こう
君と私は二つの目
光る真目で流れよう

笹笛子守唄

（木村朝子　作詞・作曲　平成五年三月三日）

一、花の泉に　酔いしれて
根無しさくらの　うかれ火に
焼かれてきえる　笹笛の
音色さみしや　月の影
ボーヤ　良い子だねんねしな
明日の明りを灯そうよ
山の母さん　泣いてます
二人で吹きましょ笹笛を

二、泣くに泣かれぬ日暮れ道
塩路ふりむく　富士の山
和めて植える　さくら花
君呼ぶ笛の　音は淋し
ボーヤ良い子だ　ねんねしな
明日の明りを灯そうよ
山の母さん　泣いてます
二人で吹きましょ笹笛を

ゴーストップ

（木村朝子　作詞・作曲　平成五年三月六日）

一、み空はパッと　晴れるけど
心はなんだか　晴れないの
山の母さん　しかってる
おろかな私の　行きすぎを
ストップ　ストップ　ゴーストップ
三つのお国の　おまわりさん

二、母さんがまんの　口封じ
ガラスのやかたも　竹の子の
光の子らに　守られて
おろかな母の　行きすぎを
ストップ　ストップ　ゴーストップ
永久に　結ぼう　山の母

三、み空は花の　玉がとぶ
心はなんだか　晴れないの
水の姫木は　青い花
わかって居るけど　さみしいの
ストップ　ストップ　ゴーストップ
白いお国の　おまわりさん

四、海辺に春の　風が吹く
男どうしの　友情は
こんぶの根のよに　かたいもの
耐えてがまんの　涙雨
ストップ　ストップ　ゴーストップ
永久に　結ぼう　海の父

畦の細道

（木村朝子　作詞・作曲　平成五年三月九日）

一、菜種油の　花ざかり
吹き来る風の　波まかせ
みなとに帰る　笹船の
ぶじを祈って　今日もまた
光にゆれる　畦の細道

二、遠く吹き来る　風にのり
み空の雲の　行き帰り
山のあざみの　種のせて
風にまかせて　咲く花の
光にゆれる　畦の細道

青い朝顔

（木村朝子　作詞・作曲　平成五年三月九日）

一、青い朝顔　赤くして
そめて見せたい　この胸を
遠い塩路の　旅の果て
青くそめるも　わが子のためと
母になりにし　身ゆえのつとめ

二、つとめ果した　塩の旅
笹の峠で　逢った人
赤い糸路の　先の人
もゆる炎を　君ゆえかくし
情しらずの　波立ちつづく

三、川の流れと　人の道
行くももどるも　君ゆえに
空行く雲に　行くへきく
垣根にからむ　朝顔の花
つめたい夜風が　ふきくるばかり

四、春またすぎて　麦秋の
風の間にまた　来る人を
心のおくに　かくし待つ
碧い真目の　リボンの花輪
かけて飛びましょ　あの空のはて

羽衣の里

（木村朝子　作詞・作曲　平成五年三月十五日）

一、奥の末裔の　二本松
悲しき女の　夢の中
胸うつ波に
悪しき心を　あらわに見せて
守る大地の　山の母

二、七つの村の　七災に
ひめたる夢の路　ただ一人
誰れゆえに　行く
宮の行く末　心にたくし
流れ旅立つ　広瀬川

三、母の想は　絹の道
もどりて悲しき　川上の
一の関所の
宮もあれはて祭りもたえて
川の流れも　おどみ川

四、この世の花も　ひめみずき
うつむくほどの　君の顔
月影ふみて
赤く咲きたい　思いをひめて
碧く咲くのも　君ゆえに

御前山

（木村朝子　作詞・作曲　平成五年三月十六日）

一、あらさのさっさ　こらさのさっさ
御前山から　流れる水は
あらさのさっさ　こらさのさ
西の田主の　きげん取る
あらさのさっさ　こらさのさ

二、あらさのさっさ　こらさのさっさ
御前お山の　お色は金よ
あらさのさっさ　こらさのさ
流れじょうずの　中の川
あらさのさっさ　こらさのさ

激しき炎

（木村朝子　作詞・作曲　平成五年三月十六日）

一、遠くはなれて　居ればこそ
炎ははげしく　燃えるのよ
あなたと私の　掛橋を
つなげるほどの炎の橋
この身のはてるほと
激しく　燃えるわ

二、大地にそそぐ　日のように
炎は激しく　燃えるのよ
あなたも　私も　溶けるほど
炎の波は　はげしくゆれる
この身がはてるほど
激しく　ゆれるわ

三、一千年の　水の糸
逢えないあなたをおいかけて
炎ははけしく　燃えるのよ
お手を切るほど　つめたい水も
この地もはてるほど
激しく　燃えるわ

四、天の谷間で　逢いましょう
そえないあなたを追いかけて
長い旅路の　つかれをいやし
花の都の　花影で
花の星降る　大空に
花の炎　ささげよう

糸便り

（木村朝子　作詞・作曲　平成五年三月二十五日）

一、愛する人を　待ちわびて
今日も来て立つ　川の上
むこうに見える
ネオンの明り
赤い光の糸をひく

二、川風寒く　ほほそめて
明日は来てねと　一人泣く
たった一羽の
かもめに願う
白い光の糸便より

三、願う便よりの　音もなく
空行く雲に　たずねては
川のむこうの
貴方を想う
夕日かなしや　すずの音

四、波うつひびき　君がすず
うちくる胸に　ひびき来て
涙にぬれて
貴方を想う
明日の朝の日の出待つ

糸車

（木村朝子　作詞・作曲　平成五年三月二十七日）

一、もだにかくれた　谷間の小鳥
もれる明りに　さそわれて
広い野原に　とび出て見れば
みどりの大地の　やさしさよ

二、青い大地を　やさしくつつむ
母のみ胸の　あたたかき
谷の間に間に　見わたしみれば
うれしなつかし源よ

三、天の母ごの　ゆびさす人は
青い大地を　守る母
不動の道を　勇みし母の
愛と情の　糸車

四、あの山この川　草木花鳥
人より愛して　闇の旅
いとしわが子も　わが身もささげ
あと来る人の　道ずくり

五、いつも見て来た　ねがらのさくら
はるか都の　すみに来て
色あせ咲きし　さくら折りおり
祈る思いの　京かがみ

六、どこに居るやら　たよりの夫は
愛の炎に　胸うちながら
天の母ごに　たずねては
明日行く道に　夢たくす

七、青い光に　さそわれて
行きつもどりつ大見川上
たどりあおげば　八丁池
やどる女神の　青い玉

十年も想いつづけたあの光
たずねたずねて天城の泉

夢の採録

（木村朝子　作詞・作曲　平成五年三月二十九日）

一、貴方のくれた　植木鉢がわれちゃった
鉢がないから　大地に植えた
貴方は　白いワゴン車に乗って
逃げていっちゃった
追いかけても　呼んでも
もう帰らない
曲がりくねった　ビルの谷を
光輝くワゴン車に乗って
あの町　この町の坂を
走っていっちゃった
いつかまたね　笑顔で
帰って来てね

二、お庭の植木しゃんしゃんと輝いた
庭を横切る　男が一人
とことこと　さみしそうに
通り　ぬけてった
屋根にあげた夢は
お庭の花よ
それはね　ないしょないしょの
夢の中　子供の頃の
貴方と私　手を取って
二人仲よく　白い花の中
四ツ葉さがし　夢中で
あそんでいたわ

月見草

（木村朝子　作詞・作曲　平成五年四月十五日）

一、長い夢路の旅おえて
帰るこきょうの　山かげの
宮の谷間に来て見れば
この世の人は　知らぬ顔
お薬師堂の前に立つ
月見草の花が待つ

二、水色めがねの　ぎんやんま
田植もすぎし　つゆの朝
月見草の　花かげに
生立つつばさ　朝日あび
大空高く　舞いあがる
高根の流れ　すみわたる

三、上野　山道　草茂り
杉の子供が　めを出して
つつじおどぎり　手に取れば
山畑茂り　瓜が成る
観音堂を　見あげれば
白い光の　松の山

四、なやみの風に　ふかれ来て
朝日あおげば　赤い魂
たび行く道を　とめに来て
らんらん坂を　一人行く
金色堂を　見あげれば
大和の母の待つ館

ほんとかしら

（木村朝子　作詞・作曲　平成五年四月二十二日）

一、白いつつじの　お花はね
田虫によいと　ききました
ほんとかしら　ほんとかしら
昔の人の　つたえごと

二、赤い椿の　お花はね
しのび恋する人と言うの
ほんとかしら　ほんとかしら
昔の人の　つたえごと

三、さくらの花が　咲いたらね
山のいかりを　とめるって
ほんとかしら　ほんとかしら
昔の人の　つたえごと

貴方どこの人

（木村朝子　作詞・作曲　平成五年四月二十三日）

一、ねおきに思う　貴方のことを
今日は逢えると　のぞみをたくし
貴方貴方　あなたどこの人
あの日この日の　想い出ばかり
貴方あなた　どこの人

二、夢の中でも　貴方のことを
明日は来てねと　手を合せつつ
貴方貴方　あなたどこの人
誰れかいい人　出来たのでしょか
貴方貴方　どこの人

三、昇る朝日に　貴方のことを
今日も願うわ　貴方の幸を
貴方貴方　あなたどこの人
今日も変りは　ございませんか
貴方貴方　どこの人

畦道　（木村朝子　作詞・作曲　平成五年四月二十七日）

一、貴方のうわさ　聞きました
貴方は一人　大地に立って
愛する人を　忍びつつ
恋の早風　待つという
夢の夢です　待つばかり
歩いて下さい　自分の足で
私も　ただただ　待つばかり

二、貴方を想いば　ただ走る
貴方のそばへ　行きたい私
愛する貴方を　忍びつつ
一人淋しく　待つばかり
夢の中でもよぶ貴方
歩いて下さい　自分の足で
走るうさぎを　つかまいて

三、貴方の夢を　きのう見た
白い車を　二人で洗う
二人ならんで　お花を買った
平和なあの日が　よみがえる
そよふく風に　のる私
歩いて下さい　恋の道
春の畦道　歩きましょう

この道を行こかもどろか谷川の
深き流れに流れてつきぬ

曼珠沙華

（木村朝子　作詞・作曲　平成五年五月八日）

一、四度目の　月の迎いに
涙をのんで
耐えて　努めん　茨の　小道
赤い川原の曼珠沙華

二、月かげに忍び恋する
女が一人
涙かくして　手に取る鉢は
赤い川原の曼珠沙華

三、君がよぶ　川の向こうの
光の糸は
のるにのれない　荒川の波
赤い川原の曼珠沙華

四、火のような　貴方と私の
心の糸は
切るに　切れない　夕日の風か
赤い川原の曼珠沙華

五、日の光　白光輝く
青空高く
かけ行く道は　母子の手綱
赤い川原の曼珠沙華

二人で歩もう

（木村朝子　作詞・作曲　平成五年五月十日）

一、あの世の道も　この道も
一人歩めば　日暮れ道
二人で歩もう　春の道
菜の花香る　畦道で
別れた人も　二人連

二、八十八夜の　夜は明けて
朝日輝く　明けぼのに
さよずる唄の　かずかずに
皆も来てつむ　花の町
八千八機の　機の音

三、この世の川上　川俣の
流れも清し　広瀬川
手をふる　お手も天の川
八幡菩薩の　めし衣
女神の山に　もちそえて
たゆることなく　織りましょう

四、うこんざくらは　源の
この世のとうとき　月の花
赤く咲きたい　想いをひめて
青く咲のも　クローバの
春日産士　機の音

花かげの人

（木村朝子　作詞・作曲　平成五年五月二十一日）

一、椿の道に　雨が降る
愛しいあの人　忍ぶ雨
長い旅路の　花かげに
笹の峠で　ちかった恋も
春の嵐に　さかれてしまう
あァあァ　しのび恋する
花かげの人

二、あつい想いは　水元の
山の小川の　しのび恋
一葉ひとはの　花かげに
やくる想いを　色そめて行く
とめてとまらぬ　想い出小道
あァあァ　しのび恋する
花かげの人

忍ぶ

（木村朝子　作詞・作曲　平成五年五月三十一日）

一、貴方の育った　この町に来た
貴方のにおいが　どこかにあると
遠いあの日を　忍びつつ
貴方のにおいの　する町歩く

二、いつか逢えると　のぞみをたくし
貴方の育った　この町歩く
あの日この日を　忍びつつ
貴方のにおいの　する町歩く

三、貴方を想えば　夕日ももゆる
貴方の想いは　空見りゃわかる
なぜに二人は　はくれ雲
黒と白との　あの空の雲

四、雲のゆくえは　吹く風まかせ
そよふく風間に　手を取りましょう
貴方と私の　愛の手を
つないで花の輪　つくりましょうねぇ

麦秋の花

（木村朝子　作詞・作曲　平成五年六月一日）

一、あの町　この町
青春の　ばらの花
紅いつぼみに　口びるよせて
歌うよ　愛の唄
あァあァあァあァ　青春はよみがえる
青春は　よみがえる
あァあァ十四の　山越えて
貴方と　手をつなぐ　春らんの花

二、あの山　この川
青春の　さんぽ道
紅い花束　貴方に送る
その手に　ほほよせて
あァあァあァあァ　青春はよみがえる
青春は　よみがえる
あァあァ十四の　海越えて
貴方と　手をつなぐ　春らんの花

三、あの顔　この顔
青春の　花の色
すこやかな　笑顔映ゆる
朝顔の　花のよに
あァあァあァあァ　青春はよみがえる
青春は　よみがえる
あァあァ十三の　花の夢
天照す　日の本　浜なすの花

四、あの夢　この夢
青春の　パラダイス
雨が降る　常の涙
とちの木の　花ひらく
あァあァあァあァ　青春はよみがえる
青春は　よみがえる
あァあァ十二の　つゆの夢
よみがえる　日本　菊の花

羽音の花

（木村朝子　作詞・作曲　平成五年六月二日）

一、ままにならない　私の花は
こよい咲かずに　いつ咲けましょか
力のかぎり　だきしめて
私のこの身が　くだけるほどに

二、この日来るまで　たえぬくつらさ
こよい咲かずに　いつの世に咲く
力のかぎり　だきしめて
糸巻く高根の　羽音の花

三、あの日この日の　苦労の道は
川に流して　朝日をあおぎ
力のかぎり　歩む糸
涙にぬれても　笑顔で暮れる

四、赤い椿の　花集めては
歩むかな糸　古里の坂
山のえぶきに　さそわれて
うれしはずかし　のる糸車

雨

（木村朝子　作詞・作曲　平成五年六月三日

一、雨は降る　雨は降る
貴方は　こない
この雨は　えにしえの
女の涙
いえいえいいえ　この雨は
私の涙

二、雨は降る　雨は降る
貴方は　いずこ
この雨に　かささして
二人で歩く
いえいえいいえ　今日もまた
逢いない二人

三、雨は降る　雨は降る
そえない　二人
この雨も　えにしえの
二人の涙
いえいえいいえ　この雨は
貴方の涙

花の輪

（木村朝子　作詞・作曲　平成五年六月四日）

一、くるり　くるり
花のリボンが　呼んで居る
あの空の　彼方で
くるり　くるくる
貴方の夢　今輪をつなぐ

二、くるり　くるり
五津《いづ》と三津《みづ》との　花開く
あの空の　彼方で
くるり　くるくる
えにしえの夢　今輪をつなぐ

三、くるり　くるり
いつの日か　又二人して
あの空の　彼方で
くるり　くるくる
歌いましょうね　花の輪のせて

糸巻

（木村朝子　作詞・作曲）

一、くるり　くるくる　糸車
糸巻ばあさん　くるくるり
懐古の糸の　水車
糸巻ばあさん　くるくるり
笹の峠で　糸切れて
千年　杉田よ
ハイサラバ
ハイサラバ　ハイサラバ

一掛二掛

（木村朝子　作詞・作曲　平成五年六月四日）

一、一掛《いちかけ》　二掛《にかけ》で　三掛《さんか》けて
四掛《しかけ》　五掛《ごかけ》　橋渡る
天の岩戸の　戸びらが開き
花の都も　近くなる
花の都も　近くなる

二、一ぬけ　二ぬけ　三ぬけて
四掛　五六の　手をつなぐ
泉の水も　きらきらと
花のお宿も　近くなる
花のお宿も　近くなる

三、四掛　五掛で十八《とわ》の夢
三掛　五掛で　十五夜の
月のお宮の　戸が開く
奥の細道　ちらちらと
奥の細道　ちらちらと

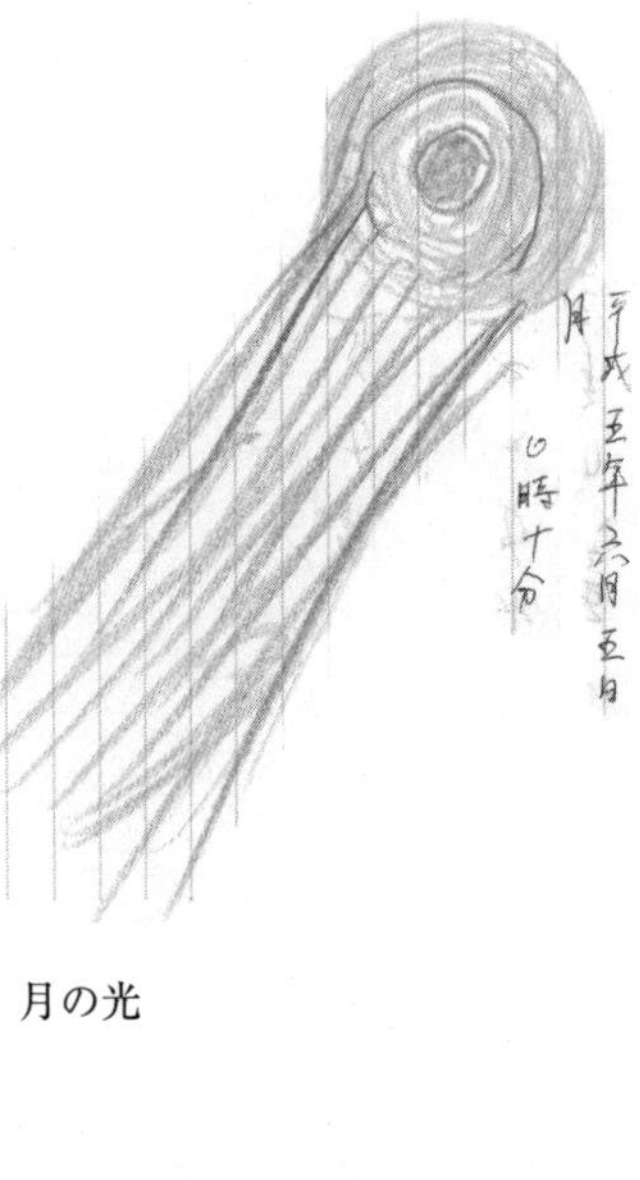

月の光

たどる海原

（木村朝子　作詞・作曲　平成五年六月五日）

一、あの町に　この町に
たどる　川の流れ
おだやかに　おだやかに
やさしく　だきしめて
川はしずかに
流れて　行くわ
もうすぐたどる
夕日の海原

二、あの道や　この道は
思いたどる　木影
やわらかな　やわらかな
木影に　つつまれて
山の彼方を
ふりかえ見るわ
もうすぐたどる
夜明けの　海原

我が心いやす

（木村朝子　作詞・作曲　平成五年六月六日）

一、波にゆられて　貴方はやって来る
すてきな　友達つれて
貴方の　やさしさが
すさびゆく　わが心いやす

二、風に吹かれて　貴方はやって来る
やさしい　友にひかれて
この海に　たどるは
すさびゆく　わが心いやす

三、風にふかれて　はなれた夢も
波にゆらゆら　ゆれて
二人は　手をつなぐ
すさびゆく　わが心いやす

海老取り川の人達

（木村朝子　作詞・作曲　平成五年六月七日）

一、船は出て行く　海老取り川の
波にゆられて　羽根田のおきに
風に吹かれて　あの人も来る
やさしい友達　海原に恋をする
海老取り川の　人達

二、出船入船　海老取り川の
広い海原　春風にのって
皆んな手を取り　船和の夢に
うれしい友達　海原の赤い魂よ
海老取り川の　人達

三、船は帰るよ　満ち潮の
あさりをつんで　勇むみち潮
夕日輝く　西の空
楽しい友達　海原の夢のせて
海老取り川の　人達

四、船を引きあげ　手を取って
酒くみかわす　男の笑顔
明日の夢など　語る楽しさ
明かるい友達　海原に想いそめ
海老取り川の　人達

呑み川

（木村朝子　作詞・作曲　平成五年六月十一日）

一、いつかいつしか　この呑み川が
昔のように　すんだ頃
あなたも清き　すみだ川

二、いつかいつしか　二人の愛が
昔のように　とける頃
私も清き　神田川

三、いつかいつしか　この思い出が
昔の夢と　思う頃
あなたも私も　品の川

四、いつかいつしか　あなたの夢か
広い海辺に　たどる頃
二人は泉の　かけぼうし

お花を摘みましょ

（木村朝子　作詞・作曲　平成五年六月十二日）

一、お花を摘みましょ　このかごいっぱい
どの花摘んでも　いい香り
お花畑は　ちょうちょがひらひら
どちらにしましょ　私のマイホーム

二、お花を摘みましょ　このかごいっぱい
どの花摘んでも　いい香り
お花畑は　青虫毛虫
どちらにしましょ　私のボーイフレンド

三、お花を摘みましょ　このかごいっぱい
どの花摘んでも　いい香り
お花畑は　春風そよそよ
私と貴方は　アイラブユウラブミー

花のトンネル

（木村朝子　作詞・作曲　平成五年六月十三日）

一、貴方手をかして　この道はくらいから
もう見えません
手さぐりの　手さぐりの
花のトンネル
貴方の　手をかして
やさしい愛の手を
貴方下さいね　花道は色色な
虫のさんぽ道

二、貴方手をかして　花影はこわいから
もう通れない
手さぐりの　手さぐりの
花のトンネル
貴方の手をかして
やさしい愛の手を
貴方下さいね　花影は色色な
虫のおやど

愛の炎

（木村朝子　作詞・作曲　平成五年六月十七日）

一、雲は流れる
あの人は
いずくの海か
青い海原
力のかぎり
およいでおいで
この胸に
たどりつくまで

二、花の命は
はかなくも
もゆる炎は
いついつまでも
深山の雪も
とけるほどうに
ゆられて
ゆらゆら行くわ

とまり木

（木村朝子　作詞・作曲　平成五年六月十七日）

一、遠い昔に　別れた人と
同じ定めの　この人を
長い旅路の　とまり木と
定めてたどる　川尻の
流れ見つめる　すみだ川

二、ひめた心の　川上に来て
夢の貴方を　ふりかえ見れば
遠い昔に　そった人
いく百年の　想いを胸に
忍び恋する　さくら橋

三、赤い夕日の　色そめて咲く
赤い川原の　曼珠沙華
命をかけて　つむ人を
朝日をあおぎつ　夢に酔い
杉の木立を　あおぐ花

四、愛し我が子の　花影に来て
赤い川原の　糸たぐり
すぎたる川の　川上に
想いたくして　咲く花は
夢の花追う　曼珠沙華

糸のふるさと

（木村朝子　作詞・作曲　平成五年六月二十七日）

一、関場の嫁の　かなしみ受けて
ささく智は　つくし組
あァあァ智　世さとし
春らんの山

二、なるよたいこよ　ひびくは古城
あけよ火の花　織り姫さまに
あァあァ天の　河原に
日の雨が降る

三、一の小関の　笹笛が泣く
山の一葉の　やみの旅
あァあァ山王　参りの
足なきこの世

四、大黒参りの　ばら作の鳩
旅立つ山の　三葉草
あァあァ闇の　塩路は
涙で清む

五、赤い椿の　夜ぎりの旅は
明けてうれしき　一の山
あァあァ太古の　夢は
高根の川原

六、誰が植えたか　大黒さまの
梅の香りも　やぶの中
あァあァ鳩内　かなしや
万里の旅路

七、千里万里の　夜は明けて
山の母ごも　花の中
あァあァ白ゆり　香る
泉のほとり

八、八子恋しや　川越えて
逢って泣きたい　胸の内
あァあァたえて　君待つ
かごのとり

九、おらが在所は　糸くりじょうず
千里万里の　糸たぐる
あァあァ糸の　出口は
松の口

十、おぎん恋しや　糸くり山の
色も変らぬ　山のふき
あァあァかさと　なります
愛のかさ

十一、五代林の　笹笛が泣く
花の兄さん　梅の口
あァあァ辰の　三羽祖
門ひらく

十二、願いかけます　七つの村に
いつもかわらぬ　桑畑け
あァあァわすれ　しゃんすな
機の音

雨は降る

平成五年六月二十九日

雨は降る　この雨は　貴方の涙
そう思って居たけど
ほんとうは　私の涙であった
臆病な　貴方
いつもそう思って居た
しかし臆病なのは　私の方だ！

さようなら
母さんがとどけた
三時の貴方
臆病者には届かない
目かくし　目かくし
雨降るばかり

川俣糸しぐれ（川俣小唄）

（木村朝子　作詞・作曲　平成五年七月四日）

一、ハァさくら切るばか　猫神さまの
参る河原の　柳橋
よらんしょない　こらんしょない
川原なでしこ　からからり
赤い手まりで　水すまし
あァあァ　ああああ
機の織り娘は　餅の肌
川俣よいとこ　一度は上がらんしょ
ホダコッセコッセ　コッセナイ
コッサンショナイ　コランショナイ

二、ハァ糸の旅路は　かいこの口よ
山のからすの　泣き笑い
よらんしょない　こらんしょない
河原なでしこ　からからり
赤い手まりで　水すまし
あァあァ　ああああ
機の織り娘は　持ちの肌
川俣よいとこ　一度は上がらんしょ
ホダコッセコッセ　コッセナイ
コッサンショナイ　コランショナイ

三、ハァ川の柳の　足付け流す
ぼんの帰りの　馬とうし
よんしょない　こらんしょない
河原なでしこ　からからり
赤い手まりで　水すまし
あァあァ　ああああ

機の織り娘は　持ちの肌
川俣よいとこ　一度は上がらんしょ
ホダコッセコッセ　コッセナイ
コッサンショナイ　コランショナイ

四、ハァ上の台《エンデ》の草持　日本のはたよ
白い絹地に　赤い魂
よんしょない　こらんしょない
河原なでしこ　からからり
赤い手まりで　水すまし
あァあァ　あああああ
機の織り娘は　持ちの肌
川俣よいとこ　一度は上がらんしょ
ホダコッセコッセ　コッセナイ
コッサンショナイ　コランショナイ

五、ハァおぎん恋しや　糸くり山の
色もかわらぬ　山のふき
よらんしょない　こらんしょない
河原なでしこ　からからり
赤い手まりで　水すまし
あァあァ　あああああ
機の織り娘は　持ちの肌
川俣よいとこ　一度は上がらんしょ
ホダコッセコッセ　コッセナイ
コッサンショナイ　コランショナイ

六、ハァ恋しなつかし　妙見さまよ
うこんざくらの　涙橋
よんしょない　こらんしょない
河原なでしこ　からからり
赤い手まりで　水すまし

あァあァ　あああああ
機の織り娘は　持ちの肌
川俣よいとこ　一度は上がらんしょ
ホダコッセコッセ　コッセナイ
コッサンショナイ　コランショナイ

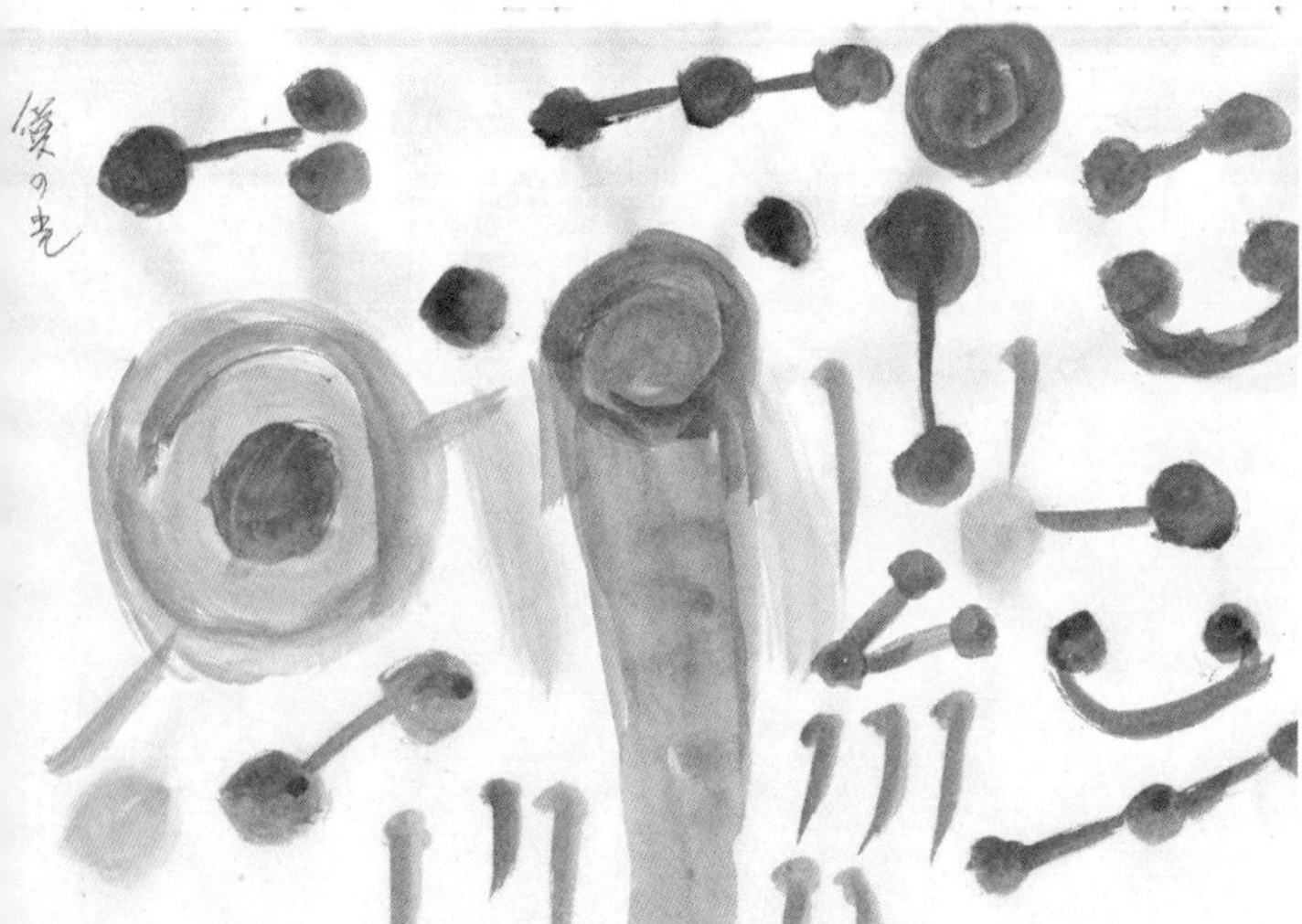

情の風

（木村朝子　作詞・作曲　平成五年七月二十六日）

一、今日も降ります　この雨は
貴方と私の　涙雨
遠い茨の　細道ぬけて
めぐる二人の　花のその
情の風の　影かなし

二、雨が降ります　とこしえの
母の願いの　小ぬか雨
今日も待ちます　絹糸の
かぼそい糸に　願いかけます
夢の夢追う　影かなし

三、青いみ空の　ご情橋
掛ける貴方の　赤い魂
白い絹地に　色そめて
めぐる二人は　天の草
情の風に　おどりましょう

友と友

（木村朝子　作詞・作曲　平成五年七月二十七日）

一、友達の友達は　皆友だ
その友から友へ　手をつなぎ
赤い魂　青い魂
手と手をあわせて
金色の光をもとめてね
輪になろう
碧い　碧い目の太陽を見よう

二、どしゃぶりの　どしゃぶりの　雨の中
その友から友の涙雨
しのんでね　しのんでね
手と手をあわせて
水色の　み魂に感謝して
輪になろう
赤い　赤い目のうさぎになろう

恋の花

（木村朝子　作詞・作曲　平成五年九月八日）

一、目と目で誓った　その日から
一人で居ても　二人連
あァあ恋は　紅い花
ハートがチクチク　痛いのよ
あァあ恋の花　紅いばら
北の魔風が　かけて行く
あァあ恋の花　夢の中

二、目と目で話す　この秘密
二人で溶かす　夢の花
あァあ恋は　花のすず
ハートがジンジン　音がする
あァあ恋のベル　すずらんの花
北の魔風が　かけて行く
あァあ恋の夢　風の中

ポッカポカ母さん

（木村朝子　作詞・作曲　平成五年九月十五日）

一、ポカポカ　シャンシャン
ポカ　シャンシャン
お空の母さん　ポッカポカ
流れる雲に　いだかれて
ねんねん　ころり
シャンシャン　シャン
天の河原で　夢の中
ポカポカ　シャンシャン
シャラ　ランラン

二、ポッカポカ　シャンシャン
ポカ　シャンシャン
輝く母さん　ポッカポカ
すやすやすいすい　夢の中
ねんねん　ころり
シャンシャン　シャン
花の都の　花かげで
ポッカポカ　シャンシャン
シャラ　ラン　ラン

ねんねこさん

（木村朝子　作詞・作曲　平成五年九月二十三日）

一、ねんねこさん　ねんねこさん
今日は九二五《くにい》の　宮まいり
お手をかざして　夢を見る
ねんねんお山の　夢によう
さくら　きらきら　米ざくら
さくら　きらきら　米ざくら

二、ねんねこさん　ねんねこさん
明日は一人で　まいります
おみやげたくさん　お花をそいて
ねんねん川原の　まんじゅしゃげ
さくら一枝　山におく
さくら一枝　山におく

三ツ池

（木村朝子　作詞・作曲　平成五年十月二十九日）

一、三ツ池を包む　野菊の　影さみし
そえぬ想いを　だいて行く
天の河原の　流れ星
あァあァ　その君に
手をのべて
一人泣く　男の涙

二、いとし子らを　安じながら　旅立つは
思いたくす　貴方を
手さぐりで　さがしながら
あァあァ　その手に
愛のかさ
させなかった　男のさみしさ

三、国のために　たえぬいた　和の宮
古しえの　かなしみが
今なお　くりかえしてる
あァあァ　美くしい
山の彼方に
いだかれて　天にかがやく

四、いつの日から　池に来て　一人咲くわ
五月雨に　ぬれながら
水れんの　花となるわ
あァあァ　やさしかった
あなた
三ツ池でまた逢いましょう
三ツ池でまた逢いましょう

あざみ

（木村朝子　作詞・作曲　平成五年十月二十九日）

一、都の路地に　来て咲きぬ
山のあざみの　かげさみし
想いかけにし　彼の君の
夢もはかなき　秋の風

二、はるか故郷の　泉谷
おもかげたどる　思い川
かなしき花の　夢まくら
雪待つ　山の　かげで泣く

三、白梅香る　雪どけに
めぶく二人の　かげぼうし
谷川下る　彼の君に
想いたくして　待つあざみ

四、心やさしき　春の山
かざる深山の　山ざくら
清き河原を　見つめては
恋しき君を　しのぶ川

五、白百合香る　山裾の
川治　旅立つ　水の旅
そめて別れて　紅葉橋
山の彼方を　たどる海

花の夢

（木村朝子　作詞・作曲　平成五年十一月十二日）

一、みぞれ　ふる降る
貴方の　そのかさに
身をよせたいけど　行けないわ
ふり帰れば　母となり
花は　夢ゆめ

二、夢を　追い追い
貴方の　そばに来て
泣けて来るほど　うれしいの
幸せは　皆にわけ
花は　夢夢

三、秋は　さるさる
山に　色そめて
静かにおやすみ　春は来る
みどりの大地　ほほよせて
花は　咲く咲く

四、春は　来るくる
山に　野原に
花はみだれ咲く　この大地
この花に　ほほよせて
春風　そよそよ

なっぱ天国

（木村朝子　作詞・作曲　平成五年十一月十八日）

一、あなた私に　ほうれん草
私はまだ　白才よ
なっぱなっぱ　なっぱ
なっぱ　天国
うき世は　パラダイス

二、貴方今日は　ねぎもって
そこで私は　ほうれん草
なっぱなっぱ　なっぱ
なっぱ　天国
うき世は　パラダイス

恋の八《やつ》ちゃ場

（木村朝子　作詞・作曲　平成五年十一月二十一日）

一、貴方私に　ほうれん草
まあだ私は　白才よ
そこで貴方は　つる菜買う
なっぱ　なっぱなっぱ
菜葉　天国
うき世は　パラダイス
ソウラ　ソラソラ
恋の八ちゃ場は　恋の八ちゃ場は
なっぱの　見せ所

二、恋の八ちゃ場は　山東　白才
そこで貴方は　レタースね
だから私も　ほうれん草
なっぱ　なっぱなっぱ
菜葉　天国
うき世は　パラダイス
ソウラ　ソラソラ
恋の八ちゃ場は　恋の八ちゃ場は
なっぱの　見せ所

三、二人ならんで　小松菜さん
春の畦道　せりなずな
行きつもどりつ　大根葉
なっぱ　なっぱなっぱ
菜葉　天国
うき世は　パラダイス
ソウラ　ソラソラ
恋の八ちゃ場は　恋の八ちゃ場は

なっぱの　見せ所

四、菜葉売り買い　うき島出島
恋にもえれば　そうばもあがる
もえて身を焼き　さあいくら
なっぱ　なっぱなっぱ
菜葉　天国
うき世は　パラダイス
ソウラ　ソラソラ
恋の八ちゃ場は　恋の八ちゃ場は
なっぱの　見せ所

おにぎり

（木村朝子　作詞・作曲　平成五年十一月十二日）

一、三角山の　おにぎりさん
今日はどちらへ　およめいり
あの人この人　口の中
おいしおいしと　ほめられて
そうらそらそら　三角山の一号さん
明日はどなたの　そばに行く
明日はどなたの　お手の内

二、三角山の　おにぎりさん
明日はどなたが　おむかいに
あの人この人　待ちわびて
恋いし恋いしの　山の中
そうらそらそら　三角山の一の糸
明日はどなたに　からむやら
明日はどなたを　待つのやら

卓也のマイホーム

（木村朝子　作詞・作曲　平成五年十一月二十七日）

一、うちのパパと　うちのママは
ウッウッ　ウィウィ
何時もどこでも　ぼくの顔見て
ウッウッ　ウィウィ
どんな時でも　ぼくが居れば
ウッウッ　ウィウィ
幸せなマイホーム　ぼくが笑えば
パパもママも　いつもにこにこ
ウッウッ　ウィウィ

二、パパとママが　けんかしても
ウッウッ　ウィウィ
ぼくが生まれた　その時のこと
ウッウッ　ウィウィ
ぼくの顔見て　想い出すのさ
ウッウッ　ウィウィ
幸せなマイホーム　ぼくが居れは
パパもママも　いつもにこにこ
ウッウッ　ウィウィ

三、パパとママは　ぼくのために
ウッウッ　ウィウィ
朝も夜も　がんばってんのさ
ウッウッ　ウィウィ
ぼくが大きく　なった時のこと
ウッウッ　ウィウィ
幸せなマイホーム　ぼくの夢見て
パパもママも　いつもにこにこ
ウッウッ　ウィウィ

三角地点

（木村朝子　作詞・作曲　平成六年二月十五日）

一、赤い椿の　旅おいて
仰ぐ大地の　山の母
赤い花びら　まきちらし
夢の小路を　たどりては
常の涙を　だきしめて
一人歩めば　けやきの並木

二、貴方こなたの　想いのせ
受けて走れば　闇の道
赤い霊魂を　追いながら
夢の闇路を　一人行く
常の想いを　だきしめて
山にたどれば　三角地点

三、千里万里の　山かげに
やくる想いの　花のかげ
もゆる心を　しのびつつ
山の貴方の　夢によう
いつか湧きにし　清水の
流れる夢に　想いをたくす

四、昇る朝日に　願いつつ
白地をそめる　赤いばら
富士の尾山に　願いそめ
明日の日本の　機を織る
夢路夢路の　糸たぐり
細き女の　機の音ひびく

阿弥陀十五尊《エンマサマ》

（木村朝子　作詞・作曲　平成六年三月三日）

一、貴方のその目輝いて　輝いて
オンエンマエイ　タラマジャ　ソワカ
貴方のその手輝くわ　輝くわ
オンエンマエイ　タラマジャ　ソワカ
天のかがみに　照らされて
天上界に　まねかれた
オンエンマエイ　タラマジャ　ソワカ
ハハハホホホ　この世はパラダイス
ハハハホホホ　この世はパラダイス

二、正直者の行く道は　行く道は
オンエンマエイ　タラマジャ　ソワカ
千本ざくらの花咲くわ　花咲くわ
オンエンマエイ　タラマジャ　ソワカ
月のご使者に　かんしゃして
山から清水　流れ出す
オンエンマエイ　タラマジャ　ソワカ
ハハハホホホ　この世はパラダイス
ハハハホホホ　この世はパラダイス

三、山のおさるに願われて　願われて
オンエンマエイ　タラマジャ　ソワカ
皆んなのために　働くわ　働くわ
オンエンマエイ　タラマジャ　ソワカ
井の亡亡さんを　追いながら
山や野原を　かけめくる
オンエンマエイ　タラマジャ　ソワカ
ハハハホホホ　この世はパラダイス

ハハハホホホ　この世はパラダイス

四、七つの山に花そえて　花そえて
オンエンマエイ　タラマジャ　ソワカ
山の母ごにささげるわ　ささげるわ
オンエンマエイ　タラマジャ　ソワカ
杉の子供が　目をあけて
お日さまにこにこ　笑った
オンエンマエイ　タラマジャ　ソワカ
ハハハホホホ　この世はパラダイス
ハハハホホホ　この世はパラダイス

五、七つの子供のゆりの実は　ゆりの実は
オンエンマエイ　タラマジャ　ソワカ
井の亡亡さんに　食べられた食べられた
オンエンマエイ　タラマジャ　ソワカ
十九の春の　かなしみは
五十三の秋に　パンパラパン
オンエンマエイ　タラマジャ　ソワカ
ハハハホホホ　この世はパラダイス
ハハハホホホ　この世はパラダイス

山ざくらの旅

（木村朝子　作詞・作曲　平成六年三月二十二日）

一、今帰る　私の生まれたこの地へ
今帰る　私の生まれたこの地へ
大地のために　がんばって
お国のために　働いて
ひとつぶの　米《しゃり》となり
今帰る　日の本
さくら花　やさしく
そして　山や野に
咲き　みだれるわ
光もとめて　たどりついた
私のふるさと　かやの国　日本

二、夢のせて　さすらいの旅おえて
夢のせて　たどりついた日本
いにしえの夢　背にのせて
分子のために　がんばって
ひとつぶの　米《しゃり》となり
今帰る　日の本
さくら花　やさしく
そして　つよく
山や野に　咲きみだれるわ
光もとめて　たどりついた
私の古里　かやの国　日本

※米問題についての歌

光の手

（木村朝子　作詞・作曲　平成六年三月二十九日）

一、朝日輝く　大空に　うかぶは　五津の玉
赤あかと　心がもえて
さあ働こう　今日も一日
たのしく　さわやかに
皆んな皆んな　仲よく手を取って
輪になろう　輪になろう

二、夕日輝く　西の空　輝くは　三津の玉
青赤きいろ　輝くよ
さあ大空に　今日も一日
ごぶしで　有りがとう
明日も仲よく　手を取って
がんばろう　がんばろう

大地の声

（木村朝子　作詞・作曲　平成六年三月二十九日）

一、草木花鳥　今日もまた
皆んな皆んな　友達
ほらほら　きこえて来るでしょう
あの声この声　この香り
みみをすまして　ききましょう
きれいなきれいな　愛の心で

二、お土も石も　今日もまた
きいてきいて　ほしいのよ
ほらほら　きこえて来るでしょう
あのうたこのうた　このしらべ
みみをすまして　ききましょう
きれいなきれいな　愛の心で

紀元二千六百年

（木村朝子　作詞・作曲　平成六年三月三十日）

一、昔がたりに　酒くみかわしゃ
遠い古里　よみがえる
敗戦の　荒波夜あらし
今はなつかしい　地の力なり
つよく清く　そしてやさしく
生きよじゃないか
紀元二千　六百年に
生まれた　われら
つよく清く　そしてやさしく
生きよじゃ　ないか
五十四　五十五は　お山の大将

二、子供の頃の　思い出は
深山の凪と　雪の朝
はげ山の　いかりのこう水
今はなつかしい　心のかなずち
つよく清く　そしてやさしく
生きよじゃないか
紀元二千　六百年に
生まれた　われら
つよく清く　そしてやさしく
生きよじゃ　ないか
あやにかしこき　杉の子のわれら

私の父だけ帰って来たこの幸せを皆にわけたいと子供の頃思っておりました

友の父花だいこんに身をかえて
　帰って来たとどてに咲きおり

同年代の客が来て昔話しをして敗戦の苦しみを思い出し書きました　その時五十四才でした

その頃はやされた言葉に「父ちゃん母ちゃんピカドンでハングリー」というものがありました

ハングリーこそ我が力なり

悲しい人

（木村朝子　作詞・作曲　平成六年四月二十八日）

一、あんたって悲しい　人なのね
朝と夜とを　まちがえて
昼と夜との　うらがえし
うき世の風が　荒らぶれて
人にゃ涙は　見せないが
心に中に　雨が降る

二、金の大石　持ちながら
なぜにお石を　すてるのよ
きらくごくらく　行きすぎて
らくだもとめて　行くさばく
うかれ柳に　酔いしれて
どろのお船に　のる貴方

三、母のねがいも　水の中
三十路すぎても　見えないの
取らぬ河原の　からざいふ
たたいて暮れる　月見草
五十路の坂も　近ずけば
ふりかえ見ませ　金の船

ひまわり

（木村朝子　作詞・作曲　平成六年六月二日）

一、貴方が　好きだから
ひまわりの花　買ったわ
この花は　貴方ににてるから
けして枯れない　リボンのひまわり

二、長い　旅の果て
たどりついた　貴方は
あの空の　光の君よ
けして曇らぬ　私のひまわり

花かげの私

（木村朝子　作詞・作曲　平成六年六月二日）

一、ついて行きたい　けれど
行けない　淋しさ
家庭と言う名の　なわにしばられて
母と言う名の　かごの鳥だもの
あァあァふりかえ見れば　山は青いねぇ

二、一度はずした　道は
雨降る　柳橋
さして下さい　貴方のかさを
川を見つめて　たえて暮れるわ
あァあァふりかえ見れば　川上の人

三、とおい昔に　別れた
恋しい　人だけど
奥にかくれた　貴方の心
さがせないまま　流れて行きます
あァあァふりかえ見れば　花かげの私

恋しぐれ

（木村朝子　作詞・作曲　平成六年六月二十九日）

一、雨が降る　二人の愛の糸しぐれ
つめたく白く　そしてゆれるゆれる貴方
塩辛とんぼ　麦わらぼうし
あついあつい
真夏の恋の　糸しぐれ
あァあァ　いく千年の
花の花の　花の涙雨

二、遠い日に　からんだ糸のうずの中
今なお赤く　もえるもえる私
赤い夕日よ　赤とんぼ
あついあつい
真夏の恋の　糸の先
あァあァ　いく千年の

夢の夢の　夢の恋しぐれ

虫の声

（木村朝子　作詞・作曲　平成六年八月二十一日）

一、お国訛も別れたが
はるか故郷の　山がよぶ
かけす山鳩　鶯の
さよずる声が　胸をうつ
小杉手にして　登りし山の
悲しきさけび　胸をうつ
情け知らずの　人の世は
みだれみだれて　火吹く山
あァあァふりかえ　見ましょ
あの山の　誠の愛は
あなたの泉の　源よ

二、川の流れの　元を知れ
山はとうとき　み親なり
けものも鳥も　虫けらも
皆んなあの世の　うつし世よ
共に手を取り　暮らそじゃないか
山は我れらの　源よ
山があるから　人の世は
命長らい　水の中
あァあァふりかえ　見ましょ
遠い昔の　紅い椿は
命の源　行き来のかわや

三、皆んなそれぞれ　やくめ有り
大きな袋を　片に掛け
天の河原を　下り来て
大地に立ては　母恋いし
いつかだかれる　その日まで
大空あおぎ　働くの
愛の日の手を　待ちながら
赤い日の橋　かかるまで
あァあァあほぎ　見ましょう
あの太陽は　わが母
心の源　たどりつこうよ

四、我れらが立った　この大地
うんとこ皆んなを　背にのせて
千年万年　がまんする
そんなご恩を　わすれまい
うすき情に　たいかねて
いかりくるえば　熱くなり
皆のわび茶を　待という
あァあァきき　ましょう
この東海の　一松の母
天下の秋の　虫の声

五、無情の風が　吹き荒れて
くらい夜道で　泣きさけぶ
不動の子らを　あわれ見て
奥の細道　とぼとぼと
たずね歩けば　花のその
集う草原　虫の声
皆がためにと　歌いだす
天の母ごも　喜こんで
光の泉に　まねかれた
あァあァ手を　つなごう
いつわりのない　愛の手と手
五色の光が　輝くよ

悲しき竹笛

（木村朝子　作詞・作曲　平成六年十一月六日）

一、赤い光をもとめて　歩きつつけてようやく
たどりついた貴方は　あの山の三角地点
あァあァ人生って　ままにならないものね
いつかいつか貴方の　その胸の中
赤く赤く　そめて見せるわ

二、白い光を見つめて　ゆれるゆれる貴方
山の貴方の水上　いく千の山越えて
あァあァ人生って　すばらしいものね
きっときっと貴方のその胸の中
あつくあつく　もやしてしまうわ

三、白と赤のみ魂は　いつかよりそえ歩くわ
やぎ沢のだむの中　君恋し山の貴方よ
あァあァ手を取るは　ゆびそ川
やっとやっと貴方の　その胸の中
はげしくはげしく　もやしてしまったわ

四、白と黒の雲は　赤と白の梅の花
よりそえばさくら花　おお梅にさかれて
あァあァそれぞれに　松と竹になる
もとめ合えつつ　山と川　いつの日か
山に山にと竹笛は　流れて行くよ

城南島小唄

（木村朝子　作詞・作曲　平成七年二月十六日）

一、ハァァァァァァ　赤い椿の　花咲けば
アリャサ
想い出します　ふるさとの
アリャサ　アリャサ
堀やせせらぎ　つくしの子
アリャアリャアリャサのサッサ

二、ハァァァァァァ　遠い昔を　忍びては
アリャサ
赤い炎に　つつまれて
アリャサ　アリャサ
はげむ海辺の　やたがらす
アリャアリャアリャアリャサのサッサ

三、ハァァァァァァ　いとし我が子は　水の中
アリャサ
つめたい夜風に　さらされて
アリャサ　アリャサ
君つむ明日を　待つばかり
アリャアリャアリャサのサッサ

四、ハァァァァァァ　夢に掛けます　花のその
アリャサ
春の日だまり　待ちながら
アリャサ　アリャサ
城南恋しや　花の城
アリャアリャアリャサのサッサ

五、ハァァァ　愛とし貴方に　ささげるは
アリャサ
花の香りと　花のみつゥゥ
アリャサ　アリャサ
花の城南　夢の島
アリャアリャアリャサのサッサ

京浜島音頭

（木村朝子　作詞・作曲　平成七年二月十七日）

一、ハァ　昔呑まれた　呑み川の水
今は魚もオヤ　意気を呑む
ソレカラットカラカラカラットセ
カラットカラカラカラリッコセ

二、ハァ　椿咲く道　弁才天よ
さくら咲く道オヤ　この花咲や
ソレカラットカラカラカラットセ
カラットカラカラカラリッコセ

三、ハァ　男心は　元より寒い
花にもまれてオヤ　晴れるやはらり
ソレカラットカラカラカラットセ
カラットカラカラカラリッコセ

四、ハァ　ここは京浜　昭和の大黒
自由の女神はオヤ　アカシア通り
ソレカラットカラカラカラットセ
カラットカラカラカラリッコセ

五、羽根田立つのは　あの子じゃないか
川で泣くのはオヤ　昭和のやもめ
ソレカラットカラカラカラットセ
カラットカラカラカラリッコセ

六、あさり取ろうか　青柳取ろか
愛いいお花とオヤ　水あそび
ソレカラットカラカラカラットセ
カラットカラカラカラリッコセ

七、ハァ　川のむこうで　誰が吹く笛は
昔別れたオヤ　恋にょうぼ
ソレカラットカラカラカラットセ
カラットカラカラカラリッコセ

羽音娘

（木村朝子　作詞・作曲　平成七年三月三日）

一、ハァ　カラリカラリッコ
カラリッコナイ
私しゃ川俣　機織り娘
機は羽音　うす衣
織れだおどるほど　品がよい
品のよさなら　日本一
機の織り娘は　餅の肌
君も折らんしょ　羽音娘
カラリ　カラリッコ
カラリ　カラリッコ七面

二、ハァ　カラリカラリッコ
カラリッコナイ
どこで織っても　羽音娘
品のよさなら　京かがみ
細い糸でも　切れはせぬ
まして貴方と　織る糸は
千年すぎても　切れはせぬ
君も折らんしょ　羽音娘
カラリ　カラリッコ
カラリ　カラリッコ七面

三、ハァ　カラリカラリッコ
カラリッコナイ
昔名高い　伊達絹は
京の御所にも　名は高い
織り子は　赤い魂で織る
山の女神に　餅そえて

お手の想いの　はたを織る
君も折らんしょ　羽音娘
カラリ　カラリッコ
カラリ　カラリッコ七面

月のしずく

（木村朝子　作詞・作曲　平成七年六月十四日）

一、あの白い花咲く　ふるさとの山は
遠いとおい昔の　花の都
あァあァ流れ行く　流れ行く
この川も　思いの川も

二、あの青い花咲く　ふるさとの町で
遠いとおい昔に　別れた人
あァあァいく千の　いく千の
山越えて　たどる海辺よ

三、あの赤い花咲く　ふるさとの丘は
遠いとおい昔の　愛の泉
あァあァいつの日も　いつの日も
はげしく　燃えてるほのお

四、美くしい美くしい　ふるさとの水は
花ばなに送られて　流れて行くよ
あァあァ見つめあい　よりそい
別れて　流れて行くよ

五、美くしい美くしい　月のしずくは
人々にけがされて　泣き泣き行くよ
あァあァしずくは　しずくは
泣きながら　流れて行くよ

あァあァあの水も　この水も
どこまでも　流れて行くよ

小ぬか雨

（木村朝子　作詞・作曲　平成七年六月二十六日）

一、雨が降ります　すみだ川
あの日この日の　別れの涙
遠いあの日の　かの君は
どこに居るやら　小ぬか雨

二、小ぬか雨降る　この町で
あの日この日の　想い出ばかり
一人しのべば　かの君の
糸もしぐれか　こぬか雨

三、雲の間にまた　見る月は
あの日この日の　おもかげうつし
忍ぶ想を　かきたてる
さくら花ちる　すみた川

四、川の流れに　身をなげて
あの日この日の　想いをもやし
咲いて身をやく　サクラ花
小ぬか雨ふる　すみだ川

すずが鳴る

（木村朝子　作詞・作曲　平成七年六月二十七日）

一、すずが鳴る　すずが鳴る
六月の空
泣いて別れた　彼の君の
声がきこえる　雨の音

二、すずが鳴る　すずが鳴る
雨あがり
空に輝く　水の玉
手と手をつなぐ　雨あがり

三、すずが鳴る　すずが鳴る
胸のすず
赤い夕日の　かげぼうし
もえて輝く　浜ちどり

四、すずが鳴る　すずが鳴る
あの人の
天のま風に　身をもやし
やくる思いの　影ぼうし

貴方のかさにはいりたい

（木村朝子　作詞・作曲　平成七年七月五日）

一、やって来る　やって来る
色々な　男は来るけれど
貴方は　まだこない
どしゃぶりの　どしゃぶりの
雨の中
貴方のかさは　まだこない
いつまでも　いついつまでも
待つ町の角
ランラララ　ランラララ
ランラララのランラララ

二、やって来る　やって来る
色々な　さそいは来るけれど
貴方を　待つばかり
どしゃぶりの　どしゃぶりの
雨の中
貴方のかさに　はいりたい
つぶぬれで　いついつまでも
待つ町の角
ランラララ　ランラララ
ランラララのランラララ

恋よさようなら

（木村朝子　作詞・作曲　平成七年七月七日）

一、ばらの花も　すすきもみんな
すてちゃった
仕事　仕事の一つだに
真赤なばらは　とげだらけ
とげなんて　もういらない
タラッタ　ラッタラッタタラララ
タッタラッタタッタラッタ
タララララ

二、川の岸べのすすきもみんな
すてちゃった
スマイル　スマイル一つだに
悲しい恋は　さようなら
秋風なんて　もういらない
タラッタラッタラッタタラララ
タッタラッタタッタラッタ
タララララ

花かげ　（木村朝子　作詞・作曲　平成七年七月八日）

一、なぜか淋しい　一人の旅は
心に枯風　吹いて来て
明りがきえて　くらくなる
ともしびもとめて　逢った人
どこか影ある　花の影

二、なぜか淋しい　夜の道
明かりもとめて　さまよいど
ほたるのともしび　風の中
ゆびさすそなたに　よりそって
行こかまいろか　花の道

三、なせかわびしい　花かげの旅
心のままに　歩けない
明かりがきえて　行くばかり
わが子も夫も　さって行く
まがつわくらば　やるせなや

涸沼川の夢

（木村朝子　作詞・作曲　平成七年十一月四日）

一、夢で　逢いましょ
ふるさとの山も　あの川も
いつの日に　合える
あァあァ　この呑み川も
いつすむ　いつすむ
夢の夢の　夢の中

二、大　東京に
青い空帰る　星か輝く
涸沼川　の夢
あァあァ　泣きさけぶ子らは
いつしか　いつしか
花の花の　花の中

三、あかしやの　花も
うこんざくらも　今は天の花
やさしく　光る
あァあァ　夢に見た自由は
自由は　自由は
誠の愛の　愛の花びら

四、たずね　歩けば
七つの村に　たくした夢
母の　涙川
あァあァ　いく千の山越えて
たどるわ　たどるわ
赤い赤い　花花

五、千葉の　夢

花にたくして　高根の川
広世に　そそく
あァあァ　流れ行く水の旅
水は　水は
赤い赤い　赤いばらの花

パチンコぶうむ　（木村朝子　作詞・作曲　平成七年十二月十五日）

一、チンチン　ジャラリン
チン　ジャラリン
はじけはじけ　生利玉
パッチン　パチンコ
天まで　はじけ
生利の玉も　ピンポンパン

二、チンチン　ジャラリ
チン　ジャラリ
はじけはじけ　生利玉
パッチン　パチンコ
とふ鳥　おとせ
貴方も私も　ピンポンパン

魚市の八ちゃん

（木村朝子　作詞・作曲　平成七年二月二十二日）

一、意気な八ちゃん　八巻まいて
七つの海が　恵みし宝
伊達やすいきょで　だてやすいきょで
売れはせぬ　サアサアーソヤソヤ
どんと買いねぇ　サアいくら

二、大田魚市　八ちゃんまかせ
売るよ人生　七坂越えて
伊達やすいきょで　だてやすいきょで
さばかれねぇ　サアサアソヤソヤ
どんと買いねぇ　サアいくら

三、つらいうき世の　枯風巻いて
売るよ日本　男児の心意気
伊達やすいきょで　だてやすいきょで
売れはせぬ　サアサアソヤソヤ
どんと買いねぇ　サアいくら

四、朝の早よから　あかぎれだいて
売るよ鮪は　天下一
伊達やすいきょで　だてやすいきょで
さばかれねぇ　サアサアソヤソヤ
どんと買いねぇ　サアいくら

五、若い買い手と　酒くみかわし
明日のそうばを　夢掛け願う
伊達やすいきょで　だてやすいきょで
売られよか　サアサアソヤソヤ

どんと買いねぇ　サアいくら

六、意地とこんじょで　育ててくれた
母をしのんで　ほろり一人酒
伊達やすいきょで　だてやすいきょで
生きらりょか　サアサアソヤソヤ
どんと買いねぇ　サアいくら

七、男どきょうで　そうばが上がりゃ
売って売りまく　どきょだめし
伊達やすいきょで　だてやすいきょで
ざはかりょか　サアサアソヤソヤ
どんと買いねぇ　サアいくら

八、上長山よし　東一ヨモ七
四人そろいば　魚市の四柱だい
伊達やすいきょで　だてやすいきょで
酒のまねぇ　サアサアソヤソヤ
どんと買いねぇ　サアいくら

「サァサいくらいくらサァいくら
これが魚市の八ちゃんだい」

九、大田築地と　手を取りながら
明日の市場の　夜明け待つ
伊達やすいきょで　だてやすいきょで
さばけよか　サアサアソヤソヤ
どんと買いねぇ　サアいくら

十、天の恵みの　大物かたに
今朝も日本の　はたをふる
伊達やすいきょで　だてやすいきょで

さばけよか　サアサアソヤソヤ
どんと買いねぇ　サアいくら

春風にまどろう君の影かなし
明日の日本の夢おう身なれば

赤い花の夢

（木村朝子　作詞・作曲　平成八年三月七日）

一、赤い花赤い花　あの山に丘に
そしてこの　うら町に
赤い花びら　ちらちら
いつかいつかきっと　貴方にささげるわ
青い青い海と　白い白い砂浜に
赤い赤い花びら　チラチラ
チラチラ　チーラチラ

二、花の夢花の夢　あの山に丘に
そしてこの　うら町に
花の夢夢　ちらちら
いつかいつかきっと　貴方と育てましょ
青い青い海と　白い白い砂浜に
花の花の夢夢　チラチラ
チラチラチーラ　チラ

美香ちゃん

（木村朝子　作詞・作曲　平成七年九月七日）

一、ふりむかないでね　あなた
天の河原を　渡るまで
ふりむかないでね　あなた
ついて行きます　あなたのうしろ
大きなあなたの　日傘の中で
ついて行きます　貴方のうしろ

二、ふりむかないでね　あなた
愛の花びら　ひらくまで
ふりむかないでね　貴方
大きなあなたの　背中がいいの
深山の泉の　あの岩のよな
大きな貴方の　背中がいいの

三、ふりむかないでね　あなた
赤い川原の　夢の花
さかせましょうね　貴方
ついて行きます　地の果てまでも
大きな貴方の　背をあほぎつつ
ついて行きます　地の果てまでも

八の子達

（木村朝子　作詞・作曲　平成七年九月八日）

一、ハァ　オチャラケ　オチャラケ
オチャラケ　サイサイ
あの娘　つろうか
この娘にしよか
オチャラケ　サイサイ
はりもつけづに糸でつる
オチャラケ　オチャラケ
オチャラケ　サイサイ
ハァアー　アアアア
花のお色の水車小屋
ハァ　チャラチャラ　チャラ

二、ハァ　オチャラケ　オチャラケ
オチャラケ　サイサイ
愛いい　この娘は
糸くり　じょうず
オチャラケ　サイサイ
糸をのばしてかよいずめ
オチャラケ　オチャラケ
オチャラケ　サイサイ
ハァアー　アアアア
赤い河原の　糸車
ハァ　チャラチャラ　チャラ

恋のゲームセンター

（木村朝子　作詞・作曲　平成八年十月七日）

一、君の笑顔を　見に来たよ
そんな言葉に　酔いしれて
うちょう天天　天国行きのきっぷ
あァあァここは　ここは
恋の恋の　恋のゲームセンター

二、貴方の夢を　見ましたわ
そんな言葉に　酔いしれて
今日も明日も　かよいづめづめ
あァあァここは　ここは
恋の恋の　恋のゲームセンタ

三、おまいたけを　愛して居るよ
そんな言葉に　酔いしれて
明日は涙の　雨雨雨が降る
あァあァここは　ここは
恋の恋の　恋のゲームセンタ

貴方さようなら

（木村朝子　作詞・作曲　平成八年十一月五日）

一、今日でお別れよ　つとめあげて　又
いつの日か　めぐり逢いましょねぇ
さよなら貴方　さいならあんた
遠い空の　彼方で
杉の子のこまご　見て居てね
さよならさよなら　あなた

二、あなた有りがとう　風がふいたら　又
いつの日も　夢で逢いましょねぇ
さよなら貴方　さいならあんた
遠い空の　彼方で
伸びゆくこまご　守ってね
さよならさよなら　あなた

三、三十年二人して　歩いた道も
今日は別れの　塩の峠
さよなら貴方　さいならあんた
夢は無情に　きいて
どこへ行くやら　西東
さよならさよなら　貴方

四、風にふかれて　旅立つあなた
ふりかえ見れば　無情の風ばかり
さよなら貴方　さいならあんた
赤い夕日の　風に
風に流されて　常の旅路
さよならさよなら　あなた

四ツ葉さがし

（木村朝子　作詞・作曲　平成九年一月十七日）

一、恋に生きよか　お色で暮れようか
ハハハン　通うお方の胸しだい
あァあァ　秋の田んぼの
いなほのように
東風《こち》吹く風の　吹きまかせ
ハイ東の一号さん　二三四五六七
ハハハの八号さん　ウヒヒヒヒ
ククク苦労花
香りほのかな　白い玉だよ
四ツ葉さがしの　畦の小道

二、夢に生きよか　貴方に掛けようか
ハハハン　さし出すその手がおそいから
あァあァ　春の田んぼの
れんげのように
風にふかれて　咲きました
ハイ東の一号さん　二三四五六七
ハハハの八号さん　ウヒヒヒヒ
ククク　苦労花
香りほのかな　白い玉だよ
四ツ葉さがしの　畦の小道

チューリップ

（木村朝子　作詞・作曲　平成九年一月十三日）

一、真赤なチューリップが　咲きました
あの子やこの子の　笑い顔
皆んな手を取り　おどります
チューリップ　チューリップ
真赤な真赤な　チューリップ

二、春はチューリップが　よんでます
あの子もこの子も　夢の中
ポカポカお日さま　笑い顔
チューリップ　チューリップ
真赤な真赤な　チューリップ

三、真赤なチューリップは　夢を追う
あの子もこの子も　幸せに
愛の泉に　さそいます
チューリップ　チューリップ
真赤な真赤な　チューリップ

日本男児

（木村朝子　作詞・作曲　平成七年三月三日）

一、男だったら　命をかけて
昇れ人生　坂道を
ぐちは言うなよ　こぶしをにぎり
ひと汗ふた汗　ふきながら
のぼれ雪の　富士の山

二、男は富士の　山波仰ぎ
一つの道を　まっしぐら
人にゃたよるな　ベルトをしめて
ひと汗ふた汗　ふきながら
のぼれ雪の　富士の山

三、花はとうとし　山波そめて
男心に　火をともす
真赤な花を　だきしめて
ひと汗ふた汗　ふきながら
のぼれ雪の　富士の山

四、富士の高ねに　たどりて見れば
白い雲間の　あの光
誠の愛に　つつまれて
ひと汗ふた汗　ふきながら
天を見あける　富士の山

まごたち

（木村朝子　作詞・作曲　平成九年九月二十一日）

一、きいろいチューリップは　輪を作る
父さん母さん　むかいあい
卓也は直也に　ほほよせて
皆んな仲よし　うち輪輪

二、きいろいチューリップは　直也ちゃん
にこにこにこにこ　笑い顔
卓也は直也の　手をひいて
へへへへウフフフ　仲よしさん

三、真赤なチューリップは　優花ちゃん
卓君大好き直也　好き
お日さまにこにこ　ちょこちょこちょ
ハハハハホホホホ　おどりましょう

四、白いチューリップは　卓也君
皆んなにやさしい　兄さんだ
おれおれおれはな　おとなだぜ
じいちゃんのコーヒー　のんでやったもん

五、ピンクのチューリップは　彩音ちゃん
どこからきこえる　ハーモニカ
お目目くりくり　にこにこさん
タンタンタ　ランラララ　うたいましょう

六、青いチューリップは　知也ちゃん
皆んなにだかれてアワワワワ
おばあちゃんのおなかでお馬さん
おねえちゃんもお兄ちゃんものりましょう

ハイハイ百円入れました

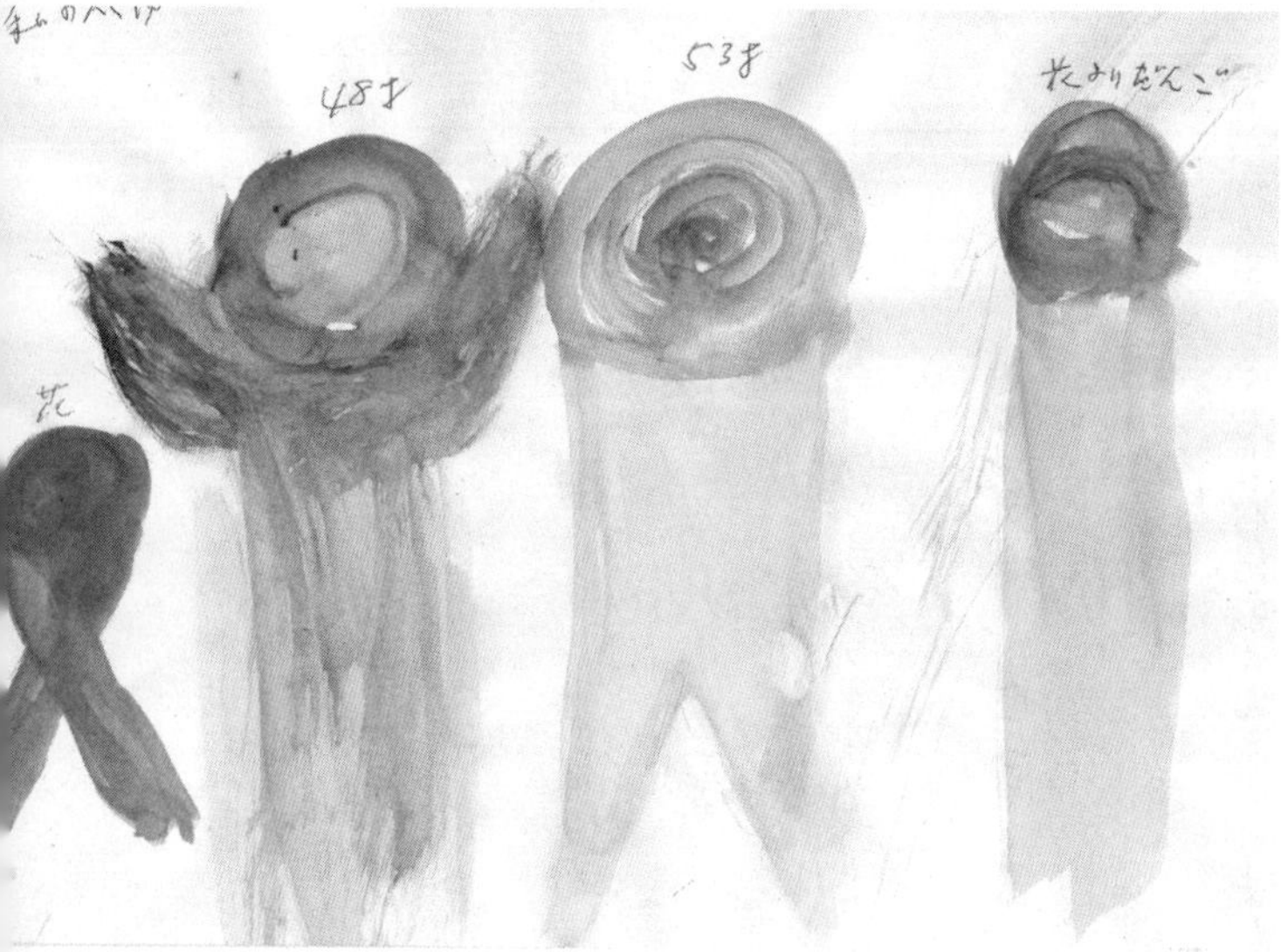

私の太陽

（木村朝子　作詞・作曲　平成十年三月二十五日）

一、サジュ　ラーネン　ばっかり
サジュ　ラーネン　ぱっかり
とうして　あんたは
ダーネンに　なれないの
畦に咲く　花だって
咲いて　ほほえみ
私をいやして　くれる
なのになのに　悲しいね
秋風枯風　吹くばかり
あったかい　だんろがほしい
あったかい　だんろがほしい
だからだから　あの太陽が
私の私だけの　恋人《リユンネン》

二、ヘンハオラーネン　ばっかり
ヘンハオラーネン　ばっかり
どうして　あんたは
サージュばっかり　なのよ
空行く　鳥だって
泣いて歌って　私をいやしてくれる
なのになのに　悲しいね
大雪小雪　舞うばかり
あったかい　だんろがほしい
あったかい　だんろがほしい
だからだから　あの太陽が
私の私だけの　夫《オーヘンダ》

三、見わたす男は　皆んな
見わたす男は　皆んな
三角山の　青大将
愛する　チーズを
片手で　だいて
あちらの　姉ちゃん
こちらの　ばあちゃん
夢かけ　追いかける
なぜになぜに　悲しいね
大雨小雨　降るばかり
あったかい　だんろもきえる
あったかい　だんろもきえる
だからだから　あの太陽の
かがみに貴方の心　うつしましょう

女心

（木村朝子　作詞・作曲　平成十年五月二十九日）

一、貴方今日も　こないから
私しゃゆらゆら　ゆれてます
それでいいのね　ゆらゆらり
女心は　風まかせ
ああらいやいや　はずかしい
女心は　女心は風まかせ

二、今日で三日よ　どうしたの
風がそよそよ　吹いてます
それでいいのね　ふわふわり
女心にゃ　かぎがない
ああらいやいや　恥かしい
女心にゃ　女心にゃかぎがない

人生並木道

（木村朝子　作詞・作曲　平成十年六月十一日）

一、荒き言葉は　いわずと知りながら
なぜにはせ出る　想いの涙雨
君の行く末　木かげで願う
ままにならない　人生並木道

二、貴方のうわさは　笹笛が吹く
空を見つめりゃ　光の赤い糸
行きつもどりつ　遠くで近く
赤い椿の　人生並木道

三、夢を追いおい　貴方を偲ぶ
逢えばまた聞く　天の声
行くに行けない　二人の旅路
涙かんして　人生並木道

四、あなたの想いの　ままにそめ
ついて行きたい　夢追い椿
なぜに悲しい　天のみ使い
うしろ髪引く　人生並木道

川上の人

（木村朝子　作詞・作曲　平成十年七月六日）

一、これでよいかと　道ふりむけば
一人旅路の　さみしさよ
あの道も　この道も
一人でふみぬ　ペタルのおもさ

二、涙かくして　笑顔をまけば
おなじ旅路の　人が集る
あの道も　この道も
一人で歩む　涙の河原

三、河原乞食か　わが身の元は
二人歩きの　夢見ては
あの道も　この道も
花のあぜ道　のぼる川上

四、うれしい人と　めぐり逢う日を
夢見てたどる　海辺には
あの波も　この波も
白い砂浜　ぬらしてさりぬ

五、赤い夕日に　願いをそめて
登る川上　水の旅路よ
あの山も　この川も
朝日に掛けて　明日を夢見る

六、水の流れも　人の世も
おなじ旅路の　人生船路
あの水も　この水も
われらの元よ　わが父母よ

七、われはとうとき　人の世に
生まれいで立ち　なにつとめ
花の真心　この世にまいて
天も地界も　花のその

八、今日も行きます　命を掛けて
貴方こなたの　幸せを
受けて走れば　この身はいたむ
天のかけ橋　昇るつらさよ

万咲く

（木村朝子　作詞・作曲　平成七年三月四日）

一、咲いた咲いたよ　万作の花
春のにおいが　して来たよ
お山の木木が　目をさまし
春が来たよと
春が来たようと　ささやいた

二、さあさ行こうよ　野に山山に
春の息吹を　身に受けて
未来の夢に　胸もやし
心はずむよ
心勢むよ　春の夢

三、咲いた咲いたよ　万作の花
北のお山も　お目ざめよ
根雪もちょろちょろ　流れ出し
春よ春よと
春よ春よと　ささやいた

四、咲くよ咲きます　この世の花も
うれしうれしの　輪の中に
お山の水が　輝やいて
春よ　春よと
春よ　春よと　歌います

花の夢

（木村朝子　作詞・作曲　平成十一年四月一日）

一、ももの花が　咲きました
うきうき　するね
遠いとおい　あの日
七才の　私を思い出す
あァあァあの時　その頃の
夢は　いつまでも
遠いとおい　昔の
その時と　今もかわらぬ
夢を追い　追い歩くは
はるか彼方の　花の夢　夢の花
きぼうは　いつまでも
赤い日の中
夢を追いおい　今もなお
はげしくはげしく　もえてます

二、梅が咲いて　ももが咲き
さくらの　咲く頃は
遠いとおい　あの日
花の中　私はあそんでた
あァあァあの時　その頃の
夢は　いつまでも
遠いとおい　昔の
その時と　今も変らぬ
夢を追いおい　歩くわ
はるか彼方の　花の夢　夢の花
きぼうは　いつまでも
赤い日の中
夢を追いおい　今もなお
はげしくはげしく　もえてます

しだれざくら

（木村朝子　作詞・作曲　平成十一年十月十九日）

一、たがいに愛し　愛されながら
なぜに二人は　はぐれ雲
山の貴方は　風まかせ
あちらこちらの　花をつむ
あァあァ　花をつむ

二、君をしのんで　み空を見れば
赤い日玉の　糸が舞う
山の貴方は　風まかせ
あちらこちらの　花をつむ
あァあァ　花をつむ
あァあァ　花をつむ

三、君が燃えれば　私ももゆる
赤い糸路の　やるせなさ
山の貴方は　風まかせ
あちらこちらの　花をつむ
あァあァ　花をつむ

四、今日こそ君と　結び合う日と
み空あおげば　糸もゆる
山の貴方の　風がふく
あちらこちらの　花が舞う
あァあァ　花が舞う

五、雨が降ります　風ふきあれて
三百年の　花ひらく
山の貴方は　風まかせ

あちらこちらの　花をつむ
あァあァ　花をつむ

六、しだれざくらの　花咲きにおう
山の貴方の　夢ざくら
山の貴方は　風まかせ
あちらこちらの　花をつむ
あァあァ　花をつむ

天の玉より

（木村朝子　作詞・作曲　平成十二年十月十一日）

一、空にかがやく　水の玉
遠いあの日の　出逢いのお方
あァあァいく山越えて　今日の日に
あァあァいく谷越えて　今日の日に
今なおもゆる　愛の真心

二、愛はとうとし　花のえん
遠いあの日の　想いの夢は
あァあァいつまでも　いついつまでも
あァあァもえて輝く　水の魂
今なおもゆる　君の夢路に

ひまわりの君

（木村朝子　作詞・作曲　平成十五年二月二十二日）

一、ひまわりの君を　もとめて
遠い深山の　彼方から
たどり来て　この東海の
海路にたどりぬ
その君は　色あせて
虫けらのやど
あまりにも　悲しすぎるから
私は歌います
きいて下さい　夢の貴方

有りがとう

平成十六年四月十五日

雨が降ってる　有りがとう
風が吹き来る　有りがとう
私が笑えば　皆んながうれし
今日も私は　この世の花よ
花びら皆んなに　わけましょう
うれし　うれしと　働いて
天にむかって　笑顔をまけば
空から光の　花が降る
青空さん　有りがとう
ふわふわ雲さん　有りがとう
お日さま　にこにこ声かける
がんばれよ　がんばれよ
皆んなのために　がんばれよ
いつもおまえを見て居るよ

お前は私のかわいい子
金のりぼんを　あげましょう

七才の我にもどりてなずなつむ

つ花《ばな》

（木村朝子　作詞・作曲　平成十六年五月一日）

一、風に吹かれて　ペタルをふめば
つんつんつ花　まねきます
風にふかれて　ゆらゆらと
つんつんつ花が　おどります
つんつんつ花　きらりと光る

二、赤い魂のせ　ペタルをふめば
お日さまきらり　きんきらり
君も光るよ　きらきらと
つんつんつ花が　ささやいた
つんつんつ花　きらきら光る

おさな日に食べたつ花の甘さなつかし

山吹小唄

（木村朝子　作詞・作曲　平成十六年五月二十四日）

一、秀さんたばこ一本　いただけますか
貴方ににあう　女になるから
夜がゲラゲラ　笑って居るから
こんなぐあいで　いかがでしょうか
私もゲラゲラ
貴方ににあう　女になれたかしら
男はいつも　ゲバゲバパパパイヤ
男はいつも　ゲバゲバ
晴れの日曇り空　そして雨が降る
男はいつも　ゲバゲバ
晴れの日曇り空　そして雨が降る
秀さん　秀さん　秀さん

「山吹きゃ　うわきで　色ばっかり
しょんがいな」
うんじれったいよ

二、秀さんお酒一パイ　いただけますか
貴方の好みの　女になるから
夜がゲラゲラ　笑って居るから
こんなぐあいで　いかがでしょうか
私もゲラゲラ
貴方好みの　女になれたかしら
男はいつも　ゲバゲバパパパイヤ
男はいつも　ゲバゲバ
晴れの日曇り空　そして雨がふる
男はいつも　ゲバゲバ
晴れの日曇り空　そして雨がふる

秀さん　秀さん　秀さん

　うち水やしたたる草に光るつゆ

恋にこがれて　泣く虫の声を
あわれときくほどのさみしい我が身に
誰がした

からかさのほねはばらばら
紙はやぶれてもはなれまいぞのちどりがけ

トトシャンシャン

風

平成十六年九月二日

あなたの送る風が　私の胸をたたく
あの日貴方は　いって来るよと云って
ふんわりと　あったかい風をのこして
去っていった
「行かないで下さい　ずっとずっと
そばに居て下さい」
そんな言葉を　かくして
貴方のうしろ姿を　見送って居た
わびしい風が　ふきぬけていった
貴方の風が　私の胸をたたく時
空を見ると　水色の玉と玉が
赤い光の糸で　むすんで居ます
いつもいつも貴方の風に
よいしれて暮れるでしょう

有りがとう
今　私のそばに　貴方は居ない
ただ貴方の送る風が
私の胸を　たたくだけ
ただ風が私の胸をたたくだけ

母ちゃんの願い（遠藤さんに送る）

（木村朝子　作詞・作曲　平成十八年二月六日）

一、粋なあんちゃん　八巻まいて
七つの海が　恵みし宝
だてやすいきょで　だてやすいきょで
さばいちゃ　ならねぇ
さあさそやそや　どんとねりこめ
日本の　心意気

二、天の恵みの　お魚かたに
新たな君の　行く道道は
だてやすいきょで　だてやすいきょで
歩るいちゃ　ならねぇ
さあさあそやそや　どんとねりこめ
日本の　心意気

うそ

（木村朝子　作詞・作曲　平成十八年四月十六日）

一、あれもうそ　これもうそ
やさしい言葉で　うそをつく
うそじゃないよ　ほんとだよ
そうよそうよ　あのやくそくは
外のお方に　したことねえ

二、あれもうそ　これもうそ
やさしい貴方の　そのうそは
うそじゃないよ　ほんとだよ
そうよそうよ　そのうそ風は
誰かを愛する　風なのね

三、あれもうそ　これもうそ
やさしい貴方の　そのうそで
うそじゃないよ　ほんとだよ
そうよそうよ　そのうそで
雪の深山に　春が来た

四、あれもうそ　これもうそ
やさしい言葉で　うそをつく
うそじゃないよ　ほんとだよ
そうよそうよ　そのうそ風で
誠の愛の　火がついた

五、

あれもうそ　これもうそ
やさしい貴方の　そのうそで
うそじゃないよ　ほんとだよ
そうよそうね　その風は
真赤な愛の　花の風

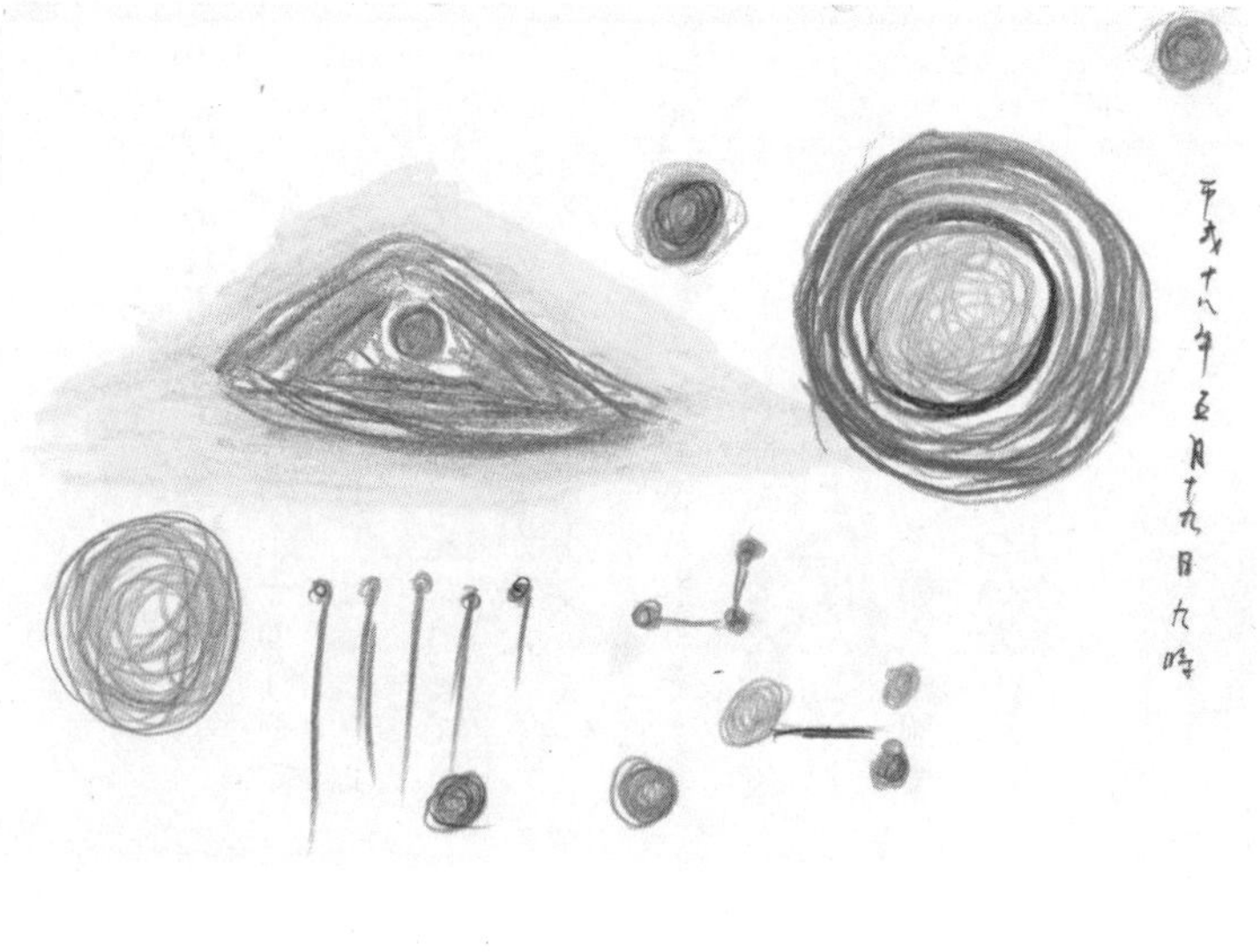

ひまわりの君よ

平成十八年五月十四日

貴方の悲しみは
私の悲しみ
貴方の喜びは
私の喜び
遠くはなれていようとも
二人で歩む赤い糸の道
いつの日もいつの日も
貴方がもゆれば
私ももゆる
貴方の炎は
私をとかす
私がもえれば
貴方もとける

花の風

（木村朝子　作詞・作曲　平成十八年五月二十八日）

一、今日もよいしる　花の風
誰かともえる　君の風
炎はあつく　我が身をもやす

二、なぜにわびしい　花の影
君は誰かを　ひきよせて
もえる炎が　我が身をこがす

三、今日も降ります　涙雨
雲の間にまに　なく鳥の
声も悲しき　雨降り小唄

四、今日も待ちます　一すじに
帰りくる君　日に願い
明日は晴れるか　風ふくばかり

五、風が吹きます　雨はふる
いく百年の　すずの音
天の谷間で　舞う糸しぐれ

六、朝日輝く　青空に
光る貴方の　赤い玉
あおぎてもゆる　花影の舞い

七、雲の間にまに　見る光
愛の炎の　恋しぐれ
雨は降ります　雨降るばかり

八、花の都の　花の影
はげしくたたく　ばちの音か
大地をたたく　どしゃぶりの雨

悲しき水の旅

（木村朝子　作詞・作曲）

一、定め悲しい　水の旅路は
愛する人を　追いかけて
巡り逢う日に　別れゆく
あつい想いを　だきしめて
谷川岳を　流れ行く
あァあァ　ままにならない
水の悲しさ

二、なぜに悲しい　花の旅路は
塩の闇路の　涙雨
巡る情に　すがれない
あつい想いを　胸にひめ
笑顔をまいて　かげで泣く
あァあァ　ままにならない
水の悲しさ

三、細い糸路の　旅の果て
すがる小鳥の　声かなし
赤い糸舞う　空を見て
巡るお方に　とどくまで
山の谷間に　来ては泣く
あァあァ　ままにならない
水の悲しさ

四、とうとき山の　泉谷
巡る情の　風に泣く
やさしく香る　白ゆりに
思いにおわせ　君を待つ

奥の末裔の　恋しぐれ
あァあァ　ままにならない
水の悲しさ

ある日　ある時

夢の中で　科学の神と　自然の神の戦いがあり　自然の神が勝った
目を覚ますと　全身の力が抜けてしまったように疲れ果てていた

香木の香りが漂ってきた後に　ある寺に行き　一本彫りの香木の観音様に出逢い
その寺の経本を手にした　この観音に呼ばれていたような気がする

品川の千躰荒神は義母が大切にしてお形を戦争の時背負って逃げたと伺い
私も毎日お参りしておりました
この歌を書くようになってから　何かにつけ白い三つの光の玉を見る
どうもこの荒神の魂のようである

このお形を手に　朝の五時より二十時まで沼杉を尋ね歩かされた時があった
東天紅の守り神　阿弥陀如来
東大原子力研究所

五代将軍綱吉の寺
綱吉ゆかりの稲荷神
その足で大本教東京本部へ行き
私の頭はなぜか今江戸時代ですと話したところ　生きがいの確信という本をいただき
京都へ来いと言われ　大本教の教えを受けることとなり　神々の歌を書くこととなった
その頃　大本の三代様が亡くなり　私は三代さまと同人のような気がした

京都の亀岡にて修行を終え綾部へ行った　そこはグンゼの工場跡であった
そこで出口日出麿氏に私は　ひまわりの君という恋文を書いた
なぜか私は三代さまのご供養の席にいた

女の人と出会う夢を見て　旧一条昭子さんと出会い友達になり
二人で十五年前からの道々を二人で語り合い目黒不動へお参りに行った
一礼をしたその時　目の前に丁髷を切られ黒い着物を着た男の人が立ち　私に深々と頭を下げた
あくる朝　目を覚ますと　枕元に立っていた
後にその方はお地蔵様になっており　熱いもっと雪をかけてくれと私に言った夢を見た

昭子さんの父は植木が好きで　それらを俳句を作り本にした
ある朝　頭が重くなり　たのむたのむと聞こえてきたので
昭子さんに　もしやお父さんかもと言ったその時　昭子さんの父は昇天した

電車に乗ると太陽が追いかけてくる夢を見て　大本教を抜け
明治天皇が東京へ移したという大神宮に籍をおくことにした

青い鳥三羽　足で蹴った夢を見た
三本の松が立ち　四本目が横になり　私はそこに腰掛けていた
前には小豆　大豆が山にあり　早くバスに乗り山へ登ると　そこは真光であった
そこには一本の松が立っていたが　枝が切られていた
そんな夢々を見て　それも夢

ふる里の草持観音から女の人が出てきて　私の前に認め判子を落として川俣駅の方へ行った
私はそれを拾った
草持観音の光子さんの同期の者が二人来る　それについて行け

（日本橋に小綱稲荷があるが　その女の人ではと思う）

二人の客が来て　真光に導かれた
三日目の修行が終わり　手かざしを受けた　私の相手は　祖母の旧姓と同じ人であった
目を閉じると　真っ赤な太陽から火の雨が降ってきて　私の魂と谷中の高橋という人の墓地にある
大きな楠木の魂が昇天して　天の川で手を取り　海へと降りていった
その海はテレビで見た　年に一度道になる所である

真光に行くのは嫌である　首にかけた鎖でアレルギーになった
道を間違え　稲荷堂や大きな寺に行ったりした
真光の教えを店に貼ると　転んだり　車にはさまり怪我をした
それでも手かざしは一生懸命して歩いた　その度に光の玉が空に浮かんで見せられた
ある日　太陽から赤い三つの光が来て　真光の御魂いらぬと聞こえてきた
五十歳を過ぎてからある日三日間　龍が来て私の身体にまつわりつき離れなかった
夫とある寺に行ってきたその夜　横腹に風が来て抜けず

お経を上げたがだめなので祝詞を上げたら抜けていった

穴守稲荷の奥の院でお参りしていたら
あの幡のマークのような白い光が赤い炎に包まれて私の目の前に来た
日本の神社は魂がないと聞き　大本の節分のお札を神社の柱に置きお参りし　色々な神の光を見た

侘助の花は秀吉と感じた
なぜならこの花は　中国に戦いを挑んだ帰り日本に持ち帰った花と知ったからである
そんな事を考えていたら　秀吉に願われ　色々な所を詫びて歩いた
墓石や腐った木々などなど　懺悔文の経を読みながら歩いた
今日　秀の名の人々に愛されるようになった

神話のすさのおのみことが　やまたのおろちを退治したとあるが
これは日本の八大の川上を酒で浄めたことではないかと思った
今日の世の中の乱れも　川上浄めば川下浄むで　そうすることがよいのだと思ったが
私には　どの川が八つの大きな川かわからないので

店に来る客に　あなたの家のそばに川があったら酒を流してと頼んだりしたが
自分の育った所は広瀬川の上流なのでそこを浄めた
その時　胸がじんとし　ぞくぞくしたと思ったら　小関祐而のメッセージをいただいた
店に来る客にお話しするので　ある客が私のふる里へ行って調べてきたが
広瀬川はあの仙台の広瀬川へは続いていないと言っていた

平成十九年二月二十四日

揚げ玉を水かけ流す心なき　戦後の母よ水はかなしき

働きの中に有りにしこの川の　清き流れも人の真心

洗剤のあるがままにとつかいおる　おろかなるかな大地の涙

なにもかも天のさばきぞ心知れ　仕事のミスも水のかなしみ

大自然愛の恵みを送りしを　感謝で受けよ光る勾玉

君のかさ

（木村朝子　作詞・作曲　平成十九年三月三日）

一、私しゃ　しがない　かさ屋の女房
骨を折るたび　しかられて
アリャリャデレスケ天天
デレスケ天天

二、貴方のくれたかささす時は
いつも涙の雨が降る
アリャリャデレスケ天天
デレスケ天天

三、涙なみだの坂道のぼる
君の笑顔にだまされて
アリャリャデレスケ天天
デレスケ天天

月のしずく（二九九頁の続き）

（木村朝子　作詞・作曲　平成十九年三月十七日）

六、あの山にこの山に降り来る雪は
たえぬいた　あの女《ひと》の　愛の花よ
あァあァ　あの女もこの水も
悲しく流れて行くよ

七、夢を追い　夢を見て　歌う　この歌
いにしえの人々のさけぶ歌声
あァあァ　皆のため　皆のため
願い掛け　私は歌う

朝顔の便り

平成十九年四月一日

ひまわりの君よ　あなたの風は寒い風
春の山々　雪が降る
なれど炎の　鈴が鳴り
桜の花々　乱れ咲く
風に吹かれて　鈴の音高く
花びら川面を　染めてゆく
これが乞食の嫁入りか
春の雪降る　君が風
裏木戸叩く　音ばかり
春の魔風に　鳴る鈴の音は
大地を叩き　荒れ狂う
そしてまた　雨が降る

おわりに

深川の富岡八幡宮には深川不動と共に前よりお参りしており
「よみがえる青春」はお参りの帰り道で出来た歌である

平成十七年　この本の内容を完成するにあたり
どのようにしたらよいものかと思案していたら
どうしてもお参りに行きたい気持ちにかられ
仕事の帰り　立ち寄りお参りして　ひふみさんのみくじを引き
そのご縁でひふみ友の会の会長さんである北林智さんに出会い
ひふみさんや八幡宮の宮司さんとも引き合わせていただき
いろいろとアドバイスをいただいたり
また神から人への言霊のおかげに力付けられ
北林さんの大きな力とお知恵を拝借させていただき
ここまでたどりつくことができました
北林さんには大変お世話になりありがとうございました

私の歌の曲は古関裕而氏があの世から送ってくださっているようだと
今日の話題社の高橋秀和氏に話したところ
その日は命日でしたとうかがい　深いご縁を感じ　お願いすることにした

私には　なにもかにも神のはからいと思います

我が魂に思い願わば神やどり　なにもかにもをおまかせあれと

平成五年三月二十四日に神よりたまわった私の気功を
皆さんどうぞご利用くださって　ご自分の魂をみがき
神のみ心のままの人たる方とおなり下さいませ

木村朝子

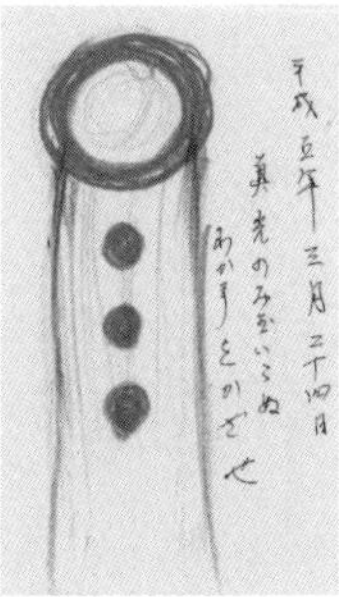

青梅線

作詞　木村朝子
作曲　木村朝子
編曲　小松悦子

無情の風

作詞　木村朝子
作曲　木村朝子
編曲　小松悦子

山は愛なり

作詞　木村朝子
作曲　木村朝子
編曲　小松悦子

♩=90
D
A7
やまでそ　だ　ち
やまにあ　こ　がれー
A7
D
Bm
E7
A7
やまをあ　い～　し　て
やまにあい　され　て　あ
D
Em
D/A
A7
あ～
やまはせい　しゅん　の
わ　き　く　る　い　ず
D
み

本書に収録された歌やそれ以外を木村朝子が歌っている録音テープをお分けしております。

また、楽譜も必要に応じて制作・頒布しております。

ご興味のある方は、下記までお問い合せ下さい。

〒 101-0021
千代田区外神田３丁目５－１３
木村朝子宛

木村　朝子（きむら　あさこ）

昭和 15 年 2 月 22 日生まれ、福島県伊達郡川俣町小綱木出身。中学卒業後、機織りと農業に従事、18 歳の時に三島に養女として移る。その後上京、寿司店にて住み込みで働いた後、「花の縁」で神田の寿司店に嫁ぎ、以後 42 年間寿司を握り続け、30 代に義母より店を受け継いでからは名物女将として活躍。幼少の頃から歌うことが好きで、膨大な歌を自作、折に触れ店頭などで歌ってきた。また、太陽や神仏にまつわる神秘体験も数多く、現在は病める人々を癒す独自の方法を模索している。

朝子の唄日記

2007 年 4 月 27 日　初版発行

著　　者　木村　朝子

装　　幀　宇佐美慶洋

発 行 者　高橋　秀和

発 行 所　今日《こんにち》の話題社《わだいしゃ》
東京都品川区上大崎 2-13-35　ニューフジビル 2F
TEL 03-3442-9205　FAX 03-3444-9439

用　　紙　富士川洋紙店
印　　刷　ケーコム
製　　本　難波製本

ISBN978-4-87565-577-0　C0070